KB113375

도리언 그레이의 초상

일러두기

- 이 책은 Oscar Wilde, 『*The Picture of Dorian Gray*』(Project Gutenberg, 1994)를 참고했습니다.

The Picture of Dorian Gray

도리언 그레이의 초상

오스카 와일드 지음

살림

오스카 와일드

19세기 후반 미국의 유명 사진 작가 나폴레옹 사로니(Napoleon Sarony)가 1882년에 촬영한 오스카 와일드 사진이다. 오스카 와일드는 1882년경 미국 뉴욕에 잠시 머문 후 프랑스로 건너갔다. 그는 동화집도 출간하고 희곡을 썼으며 1888년 유일한 장편 소설인 『도리언 그레이의 초상』을 잡지에 발표했다.

『도리언 그레이의 초상』 삽화

영국 출신의 출판업자 찰스 캐링턴(Charles Carrington)이 파리에서 1908년에 출간한 『도리언 그레이의 초상』에 실린 삽화다. 『도리언 그레이의 초상』에서 도리언 그레이의 비참한 최후를 묘사했다.

오스카 와일드와 그의 동성 연인 알프레드 더글라스

유일한 장편 소설인 『도리언 그레이의 초상』을 잡지에 발표한 후 그는 주로 희곡 집필과 상연에 몰두했으며 영국 런던에서 최고의 극작가라는 명성을 얻었다. 하지만 1895년 동성연애 혐의로 기소되어 유죄 판결을 받고 2년 동안 수감됐다. 1897년 출옥했지만 영국에서는 추방되어 파리에서 곤궁하게 살다가 뇌수막염에 걸려 비참한 생을 마쳤다.

도리언 그레이의 초상 차례

제1장

화실에는 장미꽃 향기가 넘쳐흐르고 있었다. 여름날의 미풍이 정원을 어루만지더니, 열린 문을 통해 산사나무의 은은한 향과 라일락 향기를 안으로 실어왔다. 헨리 워튼 경은 페르시아산 융단으로 된 소파에 편한 자세로 앉아 늘 그렇듯이 담배를 피우며 금사슬 나무의 금빛 꽃송이들을 지긋이 감상하고 있었다.

길게 자란 잔디 위를 헤집고 날아다니다가, 인동덩굴 주변을 끊임없이 떠도는 벌들의 나지막한 웡웡 소리에 주변을 감싸고 있는 정적이 더욱 짓누르듯 묵직해졌다.

방 한가운데 놓인 이젤에는, 비범하게 잘생긴 청년의 실물 크기 전신 초상화가 우뚝 서 있었다. 그리고 그 초상화 바로 앞에는 그 초상화 화가인 바질 홀워드가 앉아 있었다. 그는 몇 년 전에 갑자기 자취를 감춰버려, 많은 사람들의 호기심을 불러일으킴과 동시에 온갖 억측이 난무하게 만들기도 했던 사람이었다.

헨리 경이 느긋한 말투로 말했다.

"이보게, 바질. 이 초상은 자네의 걸작이야. 그 작품을 반드시 내년에 그로브너 갤러리에 전시해야 해. 왕립 미술관은 너무 통속적이야. 자네 작품을 전시할 만한 곳은 그로브너 갤러리뿐이야."

그러자 화가는 버릇대로 고개를 뒤로 던지듯 젖히며 말했다. 그는 옥스퍼드 대학에 재학 중일 때도 그 버릇 때문에 많은 친구들의 웃음거리가 되곤 했다.

"그로브너건 어디건 아무 곳에도 전시하지 않을 거야."

"아니, 왜? 이 정도 훌륭한 그림이면, 자네는 영국의 그 어떤 젊은이보다도 뛰어나다는 평판을 얻을 수 있어. 아직 정서가 남아 있는 늙은이라면, 자네를 시기할지도 몰라."

그러자 바질이 대답했다.

"자네는 나를 비웃겠지. 하지만 이 작품을 전시하는 건 불가능해. 그림 속에 나 자신을 너무 많이 집어넣었어."

"뭐야! 자네를 너무 많이 투사했다고! 무슨 이상한 소리를 하고 있는 건가! 이 아도니스처럼 잘생긴 얼굴과 자네는 닮은 게 하나도 없어. 자네 얼굴은 지적이야. 하지만 이 그림의 얼굴은 정말 아름다워. 지적인 면이 없어. 그래서 이 그림이 더 마음에 들어. 지적인 모습이 조금이라도 나타나면 아름다움은 그대로 깨져버리는 법이거든. 지성은 기본적으로 과시적이라서 균형을 깨뜨리기 때문이야. 이 친구에게는 조금도 생각의 기미가 없어. 머리를 쓰지 않는 아름다운 젊은이라고. 바질, 허풍 떨지 말게. 자네는 저 젊은이와 조금도 닮지 않았어."

그러자 화가가 대답했다.

"해리, 자네는 내 말을 전혀 이해하지 못하는군. 내가 저 친구와 닮지 않았다는 건 나도 잘 알아. 하지만 나와 저 친구는 남들과 뭔가 다르다는 점에서 숙명적으로 닮았어. 둘 다 운이 없다는 뜻이야. 이 세상에서 복 받은 사람들은 추한 사람들과 멍청한 사람들뿐이야. 그들만이 바람직한 삶을 살고 있는 거야. 그들은 평화롭고, 무덤덤하게 살아갈 수 있어. 하지만 해리, 자네의 신분과 부, 변변치 않은 내 머리와 보잘것없는 예술적 재능, 그리고 저 도리언 그레이의 아름다움, 이런 것들을 신이 우리들에게 내려주었기에, 우리는 모두 그 비싼 값을 치르고 있단 말이네."

"도리언 그레이? 그게 저 친구 이름인가?"

"맞아."

두 사람은 함께 정원으로 나가 월계수 나무 아래 놓인 벤치에 앉았다. 잠시 후 헨리 경이 시계를 꺼내더니 말했다.

"나, 이제 가봐야겠네. 하지만 가기 전에 대답해주게. 저 그림을 전시하지 않겠다는 진짜 이유가 뭐야?"

"이미 말해줬잖아?"

"그런 유치한 대답 말고 진짜 이유를 말해줘."

바질은 고개를 들어 친구의 모습을 똑바로 쳐다보며 말했다.

"자네, 정말 모르겠나? 열정을 다해 그린 초상화의 초상은 모델의 초상이 아니라, 바로 예술가의 초상이야. 모델은 그 예술가의 영혼을 드러내는 수단일 뿐이야. 저 그림을 전시하다가는 내 영혼의 비밀이 훤하게 드러날까봐 두려운 거야."

헨리가 웃음을 터뜨렸다.

"비밀? 무슨 비밀 말인가?"

"말해주지. 실은 별로 해줄 만한 게 있는 것도 아니고 자네가 믿을 것 같지도 않지만……. 아주 간단한 이야기야. 두 달 전 저녁에 브랜든 부인 집에서 열린 파티에 간 적이 있었다네. 나는 살롱에서 화려하게 차려입은 미망인들, 지겨운 왕립 미술관 사람들과 잡담을 나누고 있었지. 그때 누군가가 나를 바라보고 있다는 느낌이 들어 고개를 돌렸다네. 그때 처음으로 도리언 그레이를 보게 된 거야. 우리의 시선이 마주치는 순간 나는 묘한 공포감에 사로잡혔다네. 나는 내 육체와 영혼, 내 예술과 재능을 온통 빨아들일 수 있는 존재와 마주하고 있음을 직관적으로 깨달은 거야. 자네에게 어떻게 설명해야 할지 모르겠네. 그 무언가가 내게, 내가 내 삶에서 아주 중대한 위기의 순간을 맞이하고 있다고 말하고 있었네. 운명이 내게 그윽한 기쁨과 격렬한 고통을 동시에 마련해놓은 것 같다는 묘한 느낌이 들더군.

나는 겁이 났어. 그냥 도망치고 싶다는 생각뿐이었네. 나는 나도 모르게 발길을 문 쪽으로 향했네. 그때 브랜든 부인이 나를 보고 특유의 째질 것 같은 목소리로 말했어. '이렇게 일찍 도망가려는 건 아니겠지요, 홀워드 씨?' 나는 부인을 뿌리칠 수 없었어. 부인은 나를 왕족들, 기사 휘장을 단 사람들, 보석을 치렁치렁 매달고 있는 늙은 부인들에게 데려가 소개를 해주더군. 그런데 거기서 아까 말한 젊은이와 정면으로 마주치게 된 걸세. 나는 브랜든 부인에게 우리를 소개시켜 달라고 말했어. 사실은 그럴 필요도 없었던 거라네. 누가 소개시켜 주지 않았어도 우리는 이야기를 나누었을 거야. 도리언 그레이도 나중에 그런

이야기를 했어. 우리가 서로 친해질 운명을 지닌 것처럼 느꼈다는 거야."

"그래, 그 부인이 도리언 그레이를 뭐라고 소개하던가?"

"뭐, 이런 식이었어. '매력적인 청년이지요? 저 청년 어머니하고 나하고는 떨어지려고 해도 떨어질 수 없는 사이랍니다. 저 청년이 무슨 일을 하는지는 잘 모르겠네. 뭔가 하긴 했던가? 그래, 피아노를 쳤지. 아니 바이올린이던가요, 그레이 씨?' 그 청년과 나는 둘 다 웃을 수밖에 없었네. 그리고 금세 친구가 되었지."

"웃음으로 우정이 시작되었다? 좋은 일이로군. 끝낼 때도 마찬가지지." 젊은 신사 헨리 경은 데이지 꽃을 꺾으며 말했다.

그가 다시 말을 이었다.

"그래, 그 친구를 자주 만났나?"

"매일 만나지. 단 하루라도 그 친구 없이는 지내기 힘들어."

"이거 정말 뜻밖이로군. 자네는 오로지 예술밖에 모르는 줄 알았는데."

그러자 화가가 심각하게 말했다.

"이제 그 친구가 바로 내 예술이라네. 내 예술을 위해 새로운 개성이 등장한 거야. 나는 물론 그의 모습을 바라보며 묘사하고 스케치를 한다네. 하지만 그게 전부가 아니야. 그는 내게 모델 이상이야. 그가 너무 아름다워서 그림으로 표현할 수 없다는 뜻이 아니야. 예술이 표현할 수 없는 것은 아무것도 없어.

내 말은, 그의 개성을 보고 예술사에 존재하지 않았던 완전히 새로운 스타일이 내게 떠올랐다는 말이야. 그는 단순한 모델이 아니라 새로운 표현 방식, 새로운 스타일을 탄생할 수 있게 만드는 존재야. 그 친구 덕분에 나는 사물을 다르게 보기 시작했고, 다르게 생각하기 시작했어. 그래서 전에는 알 수 없었던 새로운 방식으로 내 삶을 재창조할 수 있게 된 거야.

이보게, 자네에게 뭐라고 설명해야 할지 정말 모르겠네. 나는 그의 초상화에 대해서만 이야기하는 게 아니야. 자네, 기억하나? 내가 얼마 전에 그린 풍경화 말이야. 내 그림 중 최고였지. 어떻게 그런 그림을 그릴 수 있었는지 아나? 도리언 그레이가 내 옆에 앉아 있었기 때문이야. 그가 옆에 있으니 내게 알지 못할 미묘한 힘이 전해진 거야. 그리고 그동안 찾으려 했지만 찾지 못했던 그 어떤 경이(驚異)를 그냥 평범한 수풀 풍경 같은 곳에서 찾아낼 수 있었던 거야."

"바질, 정말 희한한 이야기로군. 내 반드시 도리언 그레이를 만나봐야겠어."

홀워드는 자리에서 일어나 정원을 거닐더니 잠시 후 자리로 돌아와 친구에게 말했다.

"해리, 도리언 그레이는 내게는 영감(靈感)의 샘물과 같아. 하지만 자네는 그를 보아도 소용이 없을 걸세."

"그렇다면 한 가지 묻지. 그가 자네를 좋아하나?"

"좋아해. 사실이야. 물론 내가 그의 비위를 맞추려고 온갖 애를 다 쓰는 건 사실이야. 그 친구가 때로는 나를 고통스럽게 만드는 걸 즐기는 것 같기도 해. 그럴 때면 내 온 영혼을 마치 장식품처럼 단추 구멍에 꽂고 다니는 사람에게 줘버린 것 같은 느낌이 들기도 해."

"내가 보기엔, 자네가 그 친구보다 먼저 지칠지도 모르겠군. 언젠가 그 친구가 자네에게 별 가치가 없는 친구처럼 보일 날이 올 거야. 그의 안색이 별로 마음에 들지 않게 될지도 모르고, 그렇게 되면 자네는 그를 보아도 냉정하게 대하게 되겠지? 정말 안된 건, 자네를 그렇게 만든 게 그 친구라는 사실이야."

"해리, 그런 식으로 말하지 마. 자네는 내 감정을 느낄 수 없어. 자네 같은 사람은 수시로 감정이 바뀌잖아. 이 영원할 것 같은 내 감정을 자네가 어찌 알겠나?"

"이런 바질, 내가 바로 그런 사람이기에 자네보다 더 많이 느낄 수 있는 거야. 감정이 바뀌는 사람이 영원에 대해서도 알 수 있는 법이야. 사랑에 너무 충실한 사람은 사랑에 대해 많은 걸 알 수 없어. 사랑에 충실하지 않은 사람만이 진정한 사랑의 비극을 알게 되는 법이라네."

헨리 경은 담배에 불을 붙였다. 단 몇 줄의 말에, 세상사를 다 요약한 듯한 만족스런 표정이었다. 그는 정원을 둘러보았다. 옻칠을 한 듯 반질반질한 담쟁이덩굴 사이에서 참새들이 재잘거리고 있었고, 구름의 그림자가 풀밭 위에 어른거리고 있었다.

'얼마나 아름다운 정원인가! 다른 사람의 감정을 맛본다는 것은 얼마나 감미로운 일인가!'라고 헨리는 생각했다. 자신의 자아를 열심히 들여다보는 것, 그리고 친구들의 열정에 귀를 기울이는 것, 우리들의 삶에서 진정으로 가치 있는 것이란 그 둘뿐이 아니겠는가! 그는 그런 생각을 하며 홀워드와 함께 지내느라 참석하지 못한 따분한 점심 식사를 머리에 떠올렸다.

숙모 집에 갔더라면 분명 그곳에서 가난한 사람들을 구제해주는 문제, 그들의 거처를 개선해주어야 하는 문제 등, 틀림없이 아주 건설적인 이야기가 오갔으리라. 각 계급의 사람들은 자기들 삶에서는 별로 절실하게 필요하지 않은 덕목에 대해 열을 올리며, 그 덕목을 실천하자고 떠들기 마련이다. 부자들은 검소해야 한다고 떠들어댈 것이고, 게으른 자들은 노동의 고결함에 대해 열변을 토할 것이다. 그런 따분한 자리를 피할 수 있었다니 그 얼마나 다행인가!

그가 그렇게 숙모 생각을 하는 도중 갑자기 한 가지 생각이 번개처럼 스치고 지나갔다. 그는 홀워드를 향해 몸을 돌리며 말했다.

"그래, 이제 생각났어! 도리언 그레이라는 이름을 어디서 들었는지 생각났어."

"어딘데?" 홀워드가 가볍게 눈살을 찌푸리며 물었다.

"바질, 그렇게 인상 쓰지 마. 애거서 숙모님 댁이야. 숙모님이 당신을 도와줄 젊은 친구 한 명을 찾았다며 그 이름이 도리언 그레이라고 했어. 아주 진지하고 성품도 좋은 친구라고 하더군. 그 친구가 자네 친구란 걸 그때 알았으면 좋았을 것을……."

"자네가 그걸 몰라서 다행이로군."

"무슨 소리야?"

"자네가 그 친구와 가까워지길 원치 않기 때문이야. 자, 이제 어서 가주게."

그때였다. 집사가 정원으로 나오며 바질 홀워드에게 말했다.

"도리언 그레이 씨가 화실에서 기다리고 계십니다."

“이제 소개시켜주지 않을 도리가 없겠군.” 헨리 경이 빈정거리듯 웃으며 말했다.

“파커, 잠시 후에 들어갈 테니 기다리라고 전해주게.” 홀워드가 말했다.

집사가 사라지자 홀워드가 친구에게 말했다.

“도리언 그레이는 내 둘도 없는 친구야. 소박하고 아름다운 성품을 지닌 친구지. 하지만 내 예술에 힘을 주는 유일한 존재를 내게서 빼앗으려고 하지 마. 내 예술가로서의 삶이 모두 그에게 달려 있으니까.” 홀워드는 낮은 목소리로, 마지못해 입에서 나오는 소리인 듯 천천히 힘들여 말했다.

“무슨 말도 안 되는 소리를! 자, 들어가보세.” 헨리 경이 웃으며 말했다. 그리고 그는 홀워드의 팔을 잡더니 마치 자기가 이 집의 주인인 양, 그를 끌고 집 안으로 향했다.

제2장

방으로 들어가니 피아노 앞에 앉아 있는 도리언 그레이의 뒷모습이 보였다. 그는 슈만의 〈숲의 정경〉 악보를 뒤적이고 있었다.

인기척을 느낀 그가 뒤도 돌아보지 않고 말했다.

"바질, 이 악보 좀 빌려줘요. 이 곡을 배워야겠어요. 너무 매력적인 것 같아요."

"도리언, 오늘 자네가 어떤 자세를 취해주느냐에 달렸어."

그러자 젊은 친구가 의자 위에서 몸을 빙 돌리며 말했다.

"아, 자세 잡는 거, 이제 지겨워요. 전신 초상화라! 나는 아무 관심도 없는데……."

그러더니 헨리 경을 보자 그의 뺨이 빨갛게 물들었다.

"바질, 미안해요. 손님이 계신 줄 몰랐어요."

"자, 헨리 워튼 경을 소개하지. 옥스퍼드 대학 동창이야. 자네가 얼마나 훌륭한 모델인지 방금 이야기한 참인데, 자네가 다 망쳐놓는군."

그러자 헨리 경이 앞으로 나서서 손을 내밀며 말했다.

"아무리 그래도 당신을 만나게 된 기쁨은 조금도 훼손되지 않았어요, 그레이 씨. 숙모님께 당신 이야기 많이 들었습니다. 애거서 부인이 제 숙모님입니다."

그러자 도리언 그레이가 약간 후회하는 듯한 표정을 지으며 말했다.

"아, 그분은 이제 제 생각은 하지 않으실 거예요. 지난 화요일에 화이트 채플에 있는 모임에 가기로 약속하고 그만 깜빡 잊었거든요."

"아, 걱정 말아요. 그런 거라면 내가 해결해드리지요."

헨리 경은 도리언 그레이의 얼굴을 바라보았다. 듣던 대로 놀랄 만큼 잘생긴 얼굴이었다. 고운 곡선을 그리고 있는 주홍빛 입술, 솔직함이 그대로 내비치는 푸른 눈, 곱슬곱슬한 금발 등, 단번에 그를 신뢰하게 만드는 그 무언가가 있는 용모였다. 또한 그의 얼굴에는 젊음의 솔직함과 열정이 넘치고 있었다. 바질이 그토록 그를 칭찬한 것이 당연했다.

헨리 경은 소파에 몸을 던지더니 담배를 빼물었다. 화가는 그 옆에 앉아 팔레트와 붓을 챙기느라 정신이 없었다. 헨리 경이 그레이에게 미소를 지으며 말했다.

"그레이 씨, 제가 사라지는 게 낫겠지요?"

그러자 청년이 소리쳤다.

"헨리 경, 제발 가지 마세요. 바질이 뭔가 기분이 안 좋은 것 같아요. 그럴 땐 저도 견디기 힘들어요."

그 말을 듣고 홀워드는 입술을 살짝 깨물었다.

"해리, 도리언이 원한다면 그대로 있게. 저 친구 변덕은 누구나 따라야 할 법령 같은 거야. 사실, 나는 작업하는 도중에 말도 하지 않고 누가 무슨 말을 해도 듣지를 않으니 내 모델이 지겨워 죽을 맛일 거야. 자, 앉아서 저 친구 말동무가 되어주게. 도리언은 어서 저 단 위로 올라가 서 있고. 도리언, 헨리가 무슨 말을 하건 정신 바짝 차려야 해. 저 친구, 주변 사람들에게 아주 나쁜 영향을 끼치는 친구야. 물론 나는 잘 안 넘어가지만."

도리언 그레이는 단 위로 올라섰다. 그가 헨리 워튼 경을 가지 말라 붙잡은 것은 가만히 혼자 앉아 있는 게 지겨워서이기도 했지만 헨리 경을 처음 보는 순간 그가 마음에 들었기 때문이었다.

잠시 후 그레이가 헨리에게 물었다.

"헨리 경, 당신이 남들에게 나쁜 영향을 미친다는 게 사실인가요?"

"그레이 씨, 남에게 주는 영향이란 건 모두 다 부도덕한 법입니다."

"왜 그렇지요?"

"왜냐하면 남들에게 영향을 주면서 자신의 영혼을 그들에게 주기 때문입니다. 그렇게 되면 그 사람은 자신만의 생각을 할 수 없게 되고, 자신만의 열정으로 불타오를 수 없게 됩니다. 그는 다른 사람이 부르는 노래의 메아리가 될 뿐이며, 다른 사람이 해야 할 역할을 맡게 될 뿐입니다. 삶의 목표는 자신만이 지닌 특질을 발전시키는 데, 자신만의 본성을 완벽하게 실현하는 데 있습니다. 그것만이 우리가 행해야 할 최고의 의무입니다."

그때 작품에 몰두해 있던 화가가 도리언 그레이를 향해 말했다. 그의 귀에는 헨리 경의 말도, 그레이의 말도 들어오지 않았다.

"도리언, 머리를 약간 오른쪽으로 돌려보게. 착한 소년 같은 표정을 짓고."

화가는 방금, 이제까지 한 번도 볼 수 없었던 표정이 도리언 그레이의 얼굴에 떠오르는 것을 보고 놀라고 있었다.

이어서 헨리 경이 나지막한 목소리로 계속 말했다.

"그런데 우리들 중 가장 용감한 사람들도 자기 자신을 두려워하고 있어요. 우리는 그렇게 자기 자신을 거부하기에 벌을 받고 있는 겁니다. 우리가 억압하고 있는 우리의 충동들이 우리 내부에서 싹을 틔워 우리를 독살시키고 있는 거지요. 그 충동과 유혹을 없애는 유일한 방법은 그 유혹에 굴복하는 겁니다. 누르려고 해도 소용없고, 그럴 때 오히려 독이 되는 거예요. 그 모든 욕망들이 흉측한 모습으로 변해 사람을 병들게 하는 거예요. 그레이 씨, 당신은 젊음의 아름다움이 활짝 꽃핀 시기를 보내고 있지요. 하지만 당신의 정열이 당신을 두렵게 만든 적은 없나요? 생각만 해도 뺨을 붉게 물들이는 꿈을 꾸어본 적 없나요? 밤이건 낮이건 상관없이 말입니다."

"그만, 그만하세요." 도리언 그레이가 숨을 헐떡이며 말했다. "당신이 한 말에는 분명 말도 안 되는 게 있어요. 그런데 그게 뭔지 모르겠어요. 생각 좀 해봐야겠어요. 아니, 차라리 아무 생각도 없이 있어봐야겠어요."

거의 10분가량 도리언 그레이는 입을 약간 벌린 채, 이상하게 눈을 빛내며 꼼짝 않고 있었다. 그는 바질의 친구가 던진 몇 마디 말들이 그의 내면에 들어 있는 비밀스러운 현(絃), 아직 한 번도 울려본 적이 없는 현을 건드렸음을 느끼고 있었다. 오오, 말이란, 단순한 몇 마디 말이란 그 얼마나 무서운 무기인가! 얼마나 분명하고 생생하고 잔인한가! 누구나 그 말의 공격으로부터 도망가고 싶을 것이다. 하지만 아무도 그 마술적인 힘에서 벗어날 수 없다.

그렇다. 그는 지금, 어린 시절부터 지금까지 그가 도저히 이해할 수 없었던 그 무엇, 그것을 단번에 이해할 수 있게 된 것이다. 삶이 갑자기 그에게 온갖 불빛을 작열하며 그의 앞에 나타났다. 아아. 나는 이제까지 이런 불길 속을 걸어온 것이란 말인가? 그런데 왜 이제까지 그것을 알지 못했단 말인가?

헨리는 입가에 미소를 띠고 그를 바라보고 있었다. 그는 언제 침묵해야 하는지를 정확히 알고 있는 사람이었다. 그는 자신의 말 몇 마디가 젊은이에게 준 효과에 대해서 스스로도 깜짝 놀라고 있었다. 그런 그에게 갑자기 그가 열여섯 살이었을 때 읽었던 책이 생각났다. 그 책은 그가 이전까지 생각하지도 못했던 세계를 그에게 보여주고, 그를 변화시켰다. 그는 혹시 도리언 그레이가 자신이 그때 겪었던 일을 똑같이 겪고 있는 것은 아닌가, 라고 생각했다. 그는 우연히 화살을 날렸을 뿐이었다. 그런데 그 화살이 과녁에 명중했단 말인가? 그렇다면 저

소년은 그 얼마나 매력적인 친구인가!

바질은 주변을 감싸고 있는 침묵도 인식하지 못한 채, 조금도 흔들림 없이 붓을 놀리고 있었다. 그때 갑자기 도리언 그레이가 소리쳤다.

"바질, 더 이상 갑갑해서 못 견디겠어요. 정원에 나가 바람 좀 쐬어야겠어요."

"미안해, 친구. 그림을 그릴 때는 아무 생각도 못 하거든. 오늘 포즈 정말 최고였어. 내가 원하던 효과를 잡아낼 수 있었어. 살짝 열린 입술, 밝게 빛나던 눈……. 해리가 자네에게 무슨 말을 했는지는 모르겠지만, 자네에게 그런 멋진 표정을 짓게 만든 것 같군. 아마 그가 자네를 잔뜩 칭찬한 모양이지? 하지만 저 사람 말을 절대로 믿어서는 안 돼."

"칭찬은 한 마디도 안 했어요. 그러니 믿을 수 없는 게 당연하지요."

그러자 헨리 경은 청년을 향해 마치 꿈꾸는 듯, 몽롱한 시선을 던지며 그의 말에 대꾸했다.

"당신, 내가 해준 말을 다 믿는 것 같던데……. 자, 정원으로 나가지. 여긴 푹푹 찐다, 쪄. 바질, 시원한 음료 좀 갖다주게."

"알았어. 그 벨 좀 눌러줘. 파커가 오면 갖다주라고 할 테니.

난, 배경을 마무리해야겠어. 오늘 그림이 정말 잘됐어. 이대로도 걸작이 될 수 있을 것 같아."

정원으로 나가자 도리언 그레이는 라일락 꽃송이에 얼굴을 묻고 향기를 들이마셨다. 헨리는 그의 어깨에 손을 얹고 말했다.

"아주 좋아요. 영혼을 돌보기에 감각만 한 게 없지요. 역으로 감각을 치료할 수 있는 건 오로지 영혼뿐이에요."

그러자 도리언 그레이가 깜짝 놀라 고개를 돌렸다. 모자를 쓰고 있지 않아, 황금빛 머리칼이 나뭇잎에 걸려 뒤엉켰다. 그의 눈에는 잠에서 갑자기 깨어난 사람처럼 두려움이 서려 있었다.

헨리가 말을 이었다.

"그래, 삶의 위대한 비밀 중의 하나지. 감각으로 영혼을 치료하고 영혼으로 감각을 치료하는 것. 당신은 정말 경탄할 만한 피조물이오. 당신은 당신이 안다고 생각하는 것 이상을 알고 있고, 당신이 원하는 것보다는 덜 알고 있어요."

도리언 그레이는 괴로운 표정을 지으며 고개를 돌려버렸다. 그는 자기 앞에 서 있는 이 잘생긴 사람을 좋아하지 않을 수 없었다. 그의 느릿느릿한 낮은 목소리에는 상대방의 마음을 사로잡는 힘이 있었다. 하지만 그와 동시에 그가 두렵기도 했다. 그리고 그를 두려워하는 자신이 부끄러웠다. 그런데 도대체 무엇이 두렵단 말인가? 자기는 계집아이도 아니고 어린 중학생도 아니지 않은가? 정말로 이상한 일이었다.

"자, 그늘로 가서 앉읍시다. 파커가 음료수를 가져왔으니. 그렇게 햇볕을 오래 쬐고 있으면 얼굴 망가집니다. 그렇게 되면 바질이 더 이상 당신 얼굴을 그리려 하지 않을 거요. 당신의 소중한 젊음, 그것만이 당신이 지닌 유일한 보물이라오."

"저는 그렇게 생각하지 않는데요."

"물론 지금이야 그렇게 생각하지 않겠지. 하지만 언젠가 당신이 늙어 주름이 늘고 추해지면, 당신의 이마가 슬픔으로 패고, 입술이 시들해지면 그걸 뼈저리게 느끼게 될 거요. 지금이야 당신이 어딜 가더라도 그 매력으로 모두를 사로잡겠지요. 하지만 언제까지나 그럴 것 같아요? 그레이 씨, 당신은 아름답소. 미(美)는 천재성의 한 형태지요. 아니, 천재성을 뛰어넘는 겁니다. 미는 그 어떤 설명도 필요로 하지 않으니까요. 미는 태양, 혹은 봄처럼 이 세상에 절대적으로 존재하는 것들과 같아요. 사람들은 미가 추상적이라고 자주 말합니다. 하지만 사유(思惟)보다는 훨씬 덜 추상적이에요. 경박한 사람들만이 외모를 자랑하는 것을 우습게 여기지요. 이 세상의 진정한 신비는 보이는 것에 있지, 보이지 않는 것에 있지 않아요. 그래요, 그레이 씨, 당신은 신의 혜택을 듬뿍 받은 거요. 하지만 신들은 자신들이 준 것을 금세 빼앗아가지. 당신의 아름다움은 당신의 젊음과 함께 피어나는 것이라오. 한 달, 두 달 시간이 흐르면서 무시무시한 만기일이 다가오고 있는 것이지. 시간이 당신을 질투하고 있다오. 오, 젊음을 만끽해요. 조금이라도 낭비하면 안 돼요. 끊임없이 새로운 쾌락을 찾아요. 그 어떤 것도 겁내지 말아요. 우리는 시간이 흐르면 모두 과거에 대한 회한에 사로잡힌 추한 꼭두각시가 될 운명이니. 그때 가서 '왜 그 열정을 그렇게 두려워했던가?', '왜 그 유혹에 기꺼이 몸을 맡기지 못했던가?' 후회해도 소용이 없다오. 오, 젊음! 젊음! 이 세상에 그보다 소중한 건 없어요!"

도리언 그레이는 눈을 크게 뜨고 귀를 기울이고 있었다. 그때 화가가 화실 문가에 나타나서 그들을 불렀다.

"자, 들어오라고. 그림 마무리를 해야 해. 지금 화실로 들어오는 햇빛이 완벽해. 자네들은 음료수만 들고 들어오면 돼."

화실로 들어가자 도리언 그레이는 단 위로 올라가 자세를 취했고 헨리는 의자에 몸을 묻고 그를 바라보았다. 화실에는 바질이 붓을 놀리는 소리와 이따금 그림으로부터 멀찍이 떨어져 작품을 바라보기 위해 그가 뒷걸음질 치는 소리 외에는, 오로지 정적만이 흐르고 있었다.

약 15분쯤 지났을까, 홀워드는 그리기를 멈추더니 한동안 도리언 그레이의 얼굴을 바라보다가 이어서 다시 한참 동안 그림을 바라보았다. 그는 커다란 붓 끄트머리를 깨물면서 미간을 찡그리더니 마침내 소리쳤다.

"끝났어."

그는 허리를 굽히고, 캔버스 왼쪽 구석에 분홍색 물감으로 자신의 이름을 써넣었다.

헨리가 다가와서 그림을 살펴보았다. 정말 뛰어난 걸작이었고, 모델과 놀랄 정도로 닮아 있었다. 그가 선언하듯 말했다.

"이보게, 정말 축하하네. 현대 초상화 중 최고야. 그레이 씨, 어서 이리 와서 한번 봐요."

젊은이는 마치 꿈에서 깨어난 듯 깜짝 놀라는 표정을 지었다. 그는 단에서 천천히 내려오며 중얼거리듯 작은 목소리로 물었다.

"정말 끝난 건가요?"

"완전히 끝났어. 자네, 마치 천사처럼 모델을 잘 서 주었어. 정말 고마워." 바질의 대답이었다.

그러자 헨리가 약간 장난기 섞인 목소리로 말했다.

"바질, 나한테 고맙다고 해야 하는 거 아닌가? 그레이 씨, 안 그래요?"

도리언은 아무 대답 없이 화폭 앞에 섰다. 그림을 보는 순간, 그는 마치 자기 자신의 모습을 처음 보는 것처럼 눈이 환하게 빛났다. 자신이 정말 아름답다는 증거가 마치 신의 계시처럼 드러나 있었다. 그러나 순간 방금 헨리 경이 해주었던 젊음에 대한 경고가 생각났다. 이 아름다움은 순간적일 수밖에 없다! 그는 충격을 느끼며 자신의 초상화를 바라보았다. 그렇다. 언젠가는 그의 얼굴에 주름이 잡힐 것이다. 눈은 생기를 잃고 흐릿해질 것이며, 저 우아한 모습도 흉하게 변하리라.

그런 생각을 하자 예리한 칼날이 가슴을 뚫고 지나가는 것 같았고, 얼음처럼 차가운 손이 그의 심장을 누르고 있는 것 같았다.

도리언 그레이가 그림 앞에서 아무 말도 없이 있자 홀워드가 의아한 생각이 들어 물었다.

"왜, 그림이 마음에 안 드나?"

"분명히 마음에 들 거야. 이 위대한 작품이 마음에 안 들 리가 있나? 자, 자네가 부르는 대로 값을 쳐줄 테니, 이 그림을 내게 주겠나?" 헨리의 말이었다.

"해리, 이 그림은 내 것이 아니라네."

"그러면 도대체 누구 거란 말인가?"

"물론 도리언 거지."

"도리언? 정말 행운아로군."

그때 도리언이 여전히 초상화에 시선을 고정시킨 채 중얼거렸다.

"얼마나 슬픈 일인가! 오, 정말로 슬프도다! 이 초상화에는 주름 하나 없는데, 나는 언젠가 늙어 주름투성이의 흉한 모습으로 변하겠지. 아, 그 반대로 될 수만 있다면! 내가 언제까지나 젊은 상태로 있고, 나 대신 이 그림이 늙어갈 수 있다면! 그런 기적이 일어날 수만 있다면, 내 영혼이라도 팔 수 있을 것을!"

"바질, 이런 식의 타협은 자네 마음에 들지 않을 것 같은데……." 헨리가 너털웃음을 터뜨리며 말했다.

"그럼, 말도 안 되지." 화가가 말했다.

그러자 도리언 그레이가 바질을 향해 몸을 돌리면서 말했다.

"바질, 당신은 친구보다 예술이 더 중요하다는 말인가요?"

그는 흥분한 듯 얼굴이 발갛게 달아올랐다.

홀워드는 그레이의 손을 잡고 말했다.

"무슨 소리를 하는 건가, 도리언! 그런 말 말게. 자네가 물질적인 것을 질투하다니! 자네는 저 그림과는 비교도 되지 않을 만큼 훌륭해."

"나는 사라지지 않는 아름다움이라면 그 무엇이든 부러워요. 나는 내 초상화가 부러워요. 왜 저 초상화는 내가 잃을 수밖에 없는 것을 계속 지니고 있는 거지요? 바질, 왜 저 그림을 그렸나요? 언젠가 저 그림이 나를 비웃을 거예요! 무섭게 비웃을 거라고요."

그는 홀워드의 손을 뿌리치고 소파에 몸을 던지더니 기도라도 하듯 쿠션에 몸을 묻었다.

"해리, 다 자네 장난이로군!" 화가가 해리를 바라보며 씁쓸하게 말했다.

헨리가 어깨를 으쓱하며 말했다.

"저게 바로 도리언 그레이의 진짜 모습이라고 하는 게 옳을걸."

"자네는 내가 가라고 했을 때 갔어야 했어. 자네들 둘 다 내가 그린 최고의 걸작을 내 스스로 증오하게 만드는군. 좋아, 내가 저 그림을 없애버리지!"

그는 그 말과 함께 그림 도구들 사이를 뒤져서 팔레트 나이프를 찾아 들었다. 그 모습을 본 도리언 그레이가 그에게 재빨리 달려가 나이프를 빼앗더니 바닥에 팽개치며 외쳤다.

"바질, 그러면 안 돼요! 이건 살인이에요!"

그러자 화가가 차갑게 내뱉었다.

"자네가 마침내 내 작품을 인정해주는 걸 보니 기쁘군."

"인정한다고요? 난 이 작품을 사랑해요! 그건 제 분신이잖아요. 저는 그걸 느껴요."

"좋아. 물감이 마르면 액자에 넣어 집으로 보내주지. 그다음에는 자네가 하고 싶은 대로 해."

말을 마치자, 바질은 차를 가져오게 하려고 벨을 눌렀다.

하인이 차를 내오자 헨리가 말했다.

"자, 둘 다 바보 같은 싸움 그만두게. 난 이런 법석은 질색이니까. 어때, 오늘 밤에 모두 함께 연극이나 보러 가지 않겠나?"

"안 돼. 할 일이 너무 많아." 바질의 대답이었다.

"그래? 그럼, 그레이 씨, 우리 둘이 갈까요?"

"좋아요."

그들이 나가고 문이 닫히자 화가는 소파에 몸을 던졌다. 그의 얼굴이 괴로움으로 일그러져 있었다.

제3장

다음 날 낮 12시 30분, 헨리 워튼 경은 커즌 스트리트를 지나 올버니로 향하고 있었다. 그는 그의 숙부인 퍼모 경을 만나러 가는 길이었다. 독신인 퍼모 경은 성품이 온후한 사람이었지만 약간은 인색하다는 평판을 듣고 있었다. 하지만 가까운 사람들에게 식사 대접을 자주 했기에 사교계 사람들 중에는 그가 인심이 후하다고 말하는 사람들도 많았다. 그는 오래전에 외교관직에서 물러나 올버니의 독신자 주택에서 살고 있었다.

그가 방에 들어서니 퍼모 경은 사냥 복장을 한 채 소파에 앉아 「타임스」지를 읽고 있었다. 조카를 보자 그가 말했다.

"아니, 이렇게 일찍 웬일이냐? 너희 같은 한량들은 오후 2시가 돼야 자리에서 일어나고, 5시쯤 돼야 얼굴을 보이는 법 아닌가?"

"숙부님께 예의를 갖추려고 서두른 거지요. 실은 숙부님께 좀 얻을 게 있어서 왔습니다."

그러자 퍼모 경이 얼굴을 찌푸리며 말했다.

"돈이 필요한 모양이로구나. 요즘 젊은이들은 돈을 정말 좋아하지."

"사실이지요. 하지만 제가 숙부님께 얻고 싶은 건 돈이 아니라 정보예요. 뭐, 쓸모 있는 정보도 아니고 그냥 하찮은 정보요."

"그래, 내가 공식 자료에 있는 거라면 뭐든지 알려주마. 하지만 요즘은 너무 잘못된 정보가 많아서……."

"도리언 그레이라는 이름은 그런 공식 자료에 수록될 이름이 아니에요." 헨리 경이 심드렁하게 말했다.

"도리언 그레이? 그게 누군데?"

"제가 숙부님께 여쭤보고 싶은 게 바로 그거예요. 제가 대충은 알아요. 켈소 경의 마지막 외손자라는 것, 어머니 이름이 마거릿 데버로라는 것은 알아요. 숙부님은 모르시는 사람이 없잖아요. 그러니 그 친구 어머니에 대해서도 잘 아실 것 같아서요."

"켈소의 외손자라! 그럼, 물론이지. 내가 그 여자에 대해 잘 알지. 내가 아마 세례식에도 참석했었을 거야. 정말 눈이 부시게 아름다운 여자였지. 그런데 어느 별 볼 일 없는 사내놈이랑 결혼하는 바람에 그녀에게 혹해 있던 모든 남정네들을 미쳐 날뛰게 만들었어. 어제 일처럼 생생하게 다 기억이 나. 남편이 어느 보병 연대의 하급 장교였다고들 했지.

그런데 결혼 몇 달 후에 벨기에 스파에서 그 남편이 결투 끝에 죽고 말았지. 나중에 이런 이야기가 들리더구나. 다, 켈소가 어떤 불한당에게 돈을 주고 시킨 일이라고. 대중 앞에서 그 친구에게 모욕을 주라고 시킨 모양이야. 자기 사위가 무슨 비둘기도 아닌 판에…… 글쎄, 남들 보는 앞에서 침을 뱉게 했다더구나. 물론 모두 쉬쉬했지. 켈소가 자기 딸을 불러들였다는데, 그 딸은 아버지와 한 마디도 안 하고 지내다가 남편이 죽은 지 1년 만에 죽고 말았지. 그런데 그녀에게 아들이 있었다고? 내 까맣게 잊고 있었구나. 자기 어머니를 닮았으면 아주 훤칠한 미남일 텐데."

"맞습니다. 정말 잘생겼습니다." 헨리가 맞장구쳤다.

"누가 잘 돌봐주고나 있는지 모르겠다. 켈소가 할 바를 다 했다면 재산을 꽤 많이 남겨주었을 텐데……. 그 친구의 어머니에게도 재산이 좀 있었을 거야. 그녀 할아버지가 남겨준 재산이 있었으니까."

"잘은 모르겠어요. 제가 보기에 그레이가 여유는 있는 것 같았어요. 이제 그만 가봐야겠어요. 점심 약속에 늦을 것 같아서요. 숙부님, 정보를 주셔서 감사해요. 제가 새로 친구를 사귀면 그 친구에 대해 모든 걸 알고 싶어 하잖아요."

"점심 약속이 어딘데?"

"애거서 숙모님 댁이요. 그 도리언 그레이 군과 함께 초대를 받았어요. 숙모님이 최근 그 친구의 후원자세요."

"그래? 그럼 숙모에게 내가 진절머리가 난다고 전해라. 그놈의 자선 사업을 위해 수표에 서명하는 일 말이다. 아마 네 숙모는 내가 그 일 말고는 아무 할 일도 없는 사람으로 아는 모양이다."

"말씀은 전할게요. 하지만 별 소용이 없을걸요. 박애주의자들은 사람다운 면은 다 잃어버리고 사는 게 특징이잖아요."

노신사는 헨리의 말이 맞다는 듯 고개를 끄덕이더니 벨을 눌러 하인을 불렀다.

숙부의 집을 나선 헨리는 벌링턴 스트리트를 지나 버클리 광장을 향해 발걸음을 옮겼다. 가는 도중 그는 숙부의 이야기를 토대로 현대적 연애 사건을 머릿속에 그려보았다.

모든 것을 포기하고 무모한 열정에 몸을 맡긴 한 아름다운 여인, 그리고 몇 주 동안의 행복, 무시무시한 음모에 의해 좌절될 수밖에 없었던 그 행복, 고통 속에 태어난 아이, 그리고 죽음이 낚아채간 어머니의 목숨, 고집불통 노인의 손에 맡겨진 고독한 소년.

이것이 바로 그 아름다운 청년 도리언 그레이의 배경이었다. 그것이 그 젊은이를 화가의 모델로 세울 수 있게 한 것이며, 그를 더 완벽한 존재로 만든 것이었다. 그렇다. 더할 나위 없이 아름다운 것의 이면에는 비극적인 그 무언가가 있기 마련이었다.

그 아름다운 젊은이는 자신의 초상을 그린 화가에게, 화가의 정신 속에 잠들어 있던 직관을 깨어나게 만들었다. 그리고 그 직관에 의해 그 아름다운 존재가 새로운 모습으로 떠올랐다. 헨리도 도리언 그레이를 자신에게 그런 존재가 되게 하고 싶었다. 또한 그는 그 도리언을 지배하고 싶었다.

그런 생각에 몰두해 있는 사이, 그는 어느덧 숙모의 집에 도착했다.

그를 본 애거서 숙모가 말했다.

"또 늦었구나."

그는 적당한 핑계를 둘러댄 후 숙모 옆 빈 의자에 앉았다. 도리언이 식탁 끝에 앉아서 뺨을 붉히며 그에게 인사했다. 맞은편에는 온화한 성품의 할리 공작 부인이 당당한 풍채를 자랑하며 앉아 있었다. 그녀 오른쪽에는 급진당 당원인 토머스 버든 경이, 왼쪽에는 트레들리의 어스킨 씨가 앉아 있었다. 그 외에 밴들로 부인과 포델 경이 자리를 차지하고 있었다.

이런저런 잡담들을 듣고 있던 애거서 부인이 말했다.

"무슨 남자분들이 그렇게 말이 많아요? 난 한 마디도 알아듣지 못하겠네요. 그나저나 해리, 나 너 때문에 몹시 화가 나 있단다. 왜 착한 도리언 그레이를 부추겨서 이스트 핸드에서 연주를 못 하게 한 거니? 거기 있는 불쌍한 사람들이 저 친구 연주를 얼마나 좋아하는데……."

"저는 저 친구가 저를 위해 연주해주었으면 하거든요. 저는 고통 따위는 외면하고 싶어요. 그 사람들을 즐겁게 해준다고 문제가 풀리나요?"

이어서 식탁 주변에 모인 사람들과 헨리 경 사이에 설전과 농담들이 오갔다. 헨리 워튼은 처음에는 자신의 생각을 가지고 자유롭게 놀았다. 그는 사람들이 일반적으로 어리석다고 생각하는 행동과 사고들을 찬양했고 그 찬양을 철학으로 승격시켰다. 그리고 그는 그 철학을 쾌락이라는 멜로디로 장식했다. 그 철학 앞에서 사실(事實)은 겁먹은 짐승처럼 도망가버렸고, 맑은 정신은 부끄러워질 수밖에 없었다. 그의 생각과 열변은 마치 그의 내부에 숨어 있다가 갑자기 분출하듯, 즉흥적으로 넘쳐흘렸다.

헨리는 자신이 열변을 토하는 동안, 도리언 그레이의 시선이 자신에게 고정되어 있음을 느꼈다. 자기 말에 귀를 기울이는 청중들 중에 자신이 매혹시키고자 하는 그 소년이 있다는 것을 의식하자, 그의 기지는 더욱 예리해졌고, 상상력은 더욱 다채로워지는 것 같았다. 그는 명석했고, 기지가 번뜩였으며, 매력적이었다. 그의 말에 모두 혼이 빠진 채 아무도 반박하지 못했다. 도리언 그레이는 그에게서 시선을 떼지 않은 채, 놀란 표정으로 마치 주술에 걸린 듯, 그를 바라보고 있었다.

마침내 현실이 되돌아왔다. '현실'이 하인의 복장으로 식당으로 들어서며 공작 부인의 마차가 기다리고 있다고 전한 것이다. 공작 부인이 자리를 뜨자 어스킨 씨가 헨리 경 곁으로 오더니 그의 팔을 잡고 말했다.

"말을 들어보니 책을 써도 되겠어요. 한 권 쓸 생각 없어요?"

"책 읽기를 하도 좋아해서 책을 쓰고 싶다는 생각이 안 듭니다. 혹, 소설이라면 또 모를까요?"

"젊은 친구, 이렇게 불러도 실례가 아니겠지요? 당신이 오늘 점심 식사 중 한 이야기 모두 진심이냐고 물어봐도 되겠소?"

"무슨 말을 했는지도 다 잊어버렸는데요. 왜, 제 말이 위험했나요?"

"암, 위험하다마다." 노신사가 웃음을 띠고 말했다. "하지만 당신의 쾌락 철학은 재미도 있어. 언젠가 내 영지로 와서 내게 이야기를 들려줄 생각이 없소? 따분한 사람들에게 신선한 자극이 되거든. 우리들 세대란 언제나 너무 따분해서……. 자, 이제는 내가 당신의 숙모님과 작별을 고해야 할 것 같소. 아테나움 모임에 약속이 있어서."

헨리 경도 그와 함께 자리에서 일어나며 말했다.

"저는 공원에 좀 가보겠습니다."

그가 일어나자 도리언 그레이가 그의 팔을 잡았다.

"저랑 같이 가시면 안 돼요?"

"바질과 만날 약속 있지 않아?"

"당신과 함께 가고 싶어요. 제게 계속 이야기를 들려주겠다고 약속해주시겠어요? 당신처럼 말하는 사람은 아무도 없어요."

그러자 헨리가 웃으며 말했다.

"오늘은 너무 말을 많이 한 것 같은데……. 이제 내게는 딱 한 가지, 하고 싶은 일이 있을 뿐이야. 바라보는 것. 자네 마음이 내킨다면 나와 함께 세상을 바라보지 않겠나?"

제4장

한 달이 지난 어느 날 오후였다. 도리언 그레이는 메이페어에 있는 헨리의 집, 작은 서재에서 호사스러운 소파에 앉아 있었다. 아주 매력적인 서재였다. 올리브색을 칠한 참나무 널빤지를 댄 높은 벽, 크림색이 칠해져 있는 뒤쪽 벽, 드높은 회반죽 천장, 페르시아산 융단으로 만든 카펫 등, 모든 것이 아담하면서도 격조 높은 분위기를 자아내고 있었다.

늘 시간을 지키지 않는 헨리는 아직 귀가하지 않고 있었다. 그는 시간을 정확히 지키는 것은 시간을 훔치는 짓이라는 원칙을 지니고 있었다. 청년은 약간 부루퉁한 표정으로 서가에서 아베 프레보의 프랑스 소설 『마농 레스코』를 찾아내 천천히 읽고 있었다. 이윽고 밖에서 발소리가 들리더니 문이 열렸다.

“해리, 왜 이렇게 늦었어요.” 도리언 그레이가 투덜댔다.

“해리가 아니어서 어쩌지요, 그레이 씨.” 날카로운 목소리가 들려왔다.

“아, 죄송합니다. 저는…….”

“제 남편이 온 걸로 생각하셨나보지요. 저는 그 사람 부인이에요. 당신이 누구인지는 사진을 봐서 알아요. 남편이 당신 사진을 갖고 있어요. 제가 알기로는 최소한 열일곱 장 이상은 가지고 있는 것 같던데. 그리고 어느 날 그 사람하고 오페라에 온 걸 본 적이 있어요.”

그레이는 그녀를 바라보았다. 참, 별난 여자였다. 그녀가 입고 있는 옷들은 흡사 분노가 폭발했을 때 디자인해서, 회오리바람을 맞으며 재단한 것 같았다. 그녀는 그림처럼 아름답게 보이려고 애를 쓰는 것 같았지만, 오히려 그녀가 애써 단장한 옷차림을 하지 않았을 때라야 목적을 어느 정도 이룰 수 있을 것 같았다. 그녀의 이름은 빅토리아였다.

“아마 바그너의 오페라 〈로엔그린〉을 보러 갔을 때였지요, 부인?”

“맞아요, 〈로엔그린〉! 전 바그너 음악을 아주 좋아해요. 음악 소리가 하도 커서 마음대로 잡담을 해도 남에게 방해가 되지 않거든요."

도리언은 미소를 지으며 고개를 저었다.

"저는 음악을 듣는 동안은 절대로 말을 하지 않는답니다. 음악이 형편없을 때라면 모를까요."

"그거 해리 생각이지요, 그레이 씨? 그렇죠? 저는 늘 해리 친구들에게서 해리 생각을 듣는답니다. 그게 그 사람하고 통하는 유일한 방법이죠. 아, 마침 해리가 왔네요. 여보, 당신에게 물어볼 게 있어서 이 방으로 왔어요. 그런데 우연히 그레이 씨를 만난 거예요. 만나서 너무 반가웠어요."

"그래? 그거 잘됐네. 둘이 알게 되었다니 나도 기뻐." 헨리는 초승달 모양의 눈썹을 치켜올리며 입가에 미소를 지었다.

"늦어서 미안하네, 도리언. 골동품 수단(繡緞) 한 필을 구하러 워더 스트리트에 갔었는데, 흥정하는 데 시간이 너무 걸렸어."

세 사람 사이에 약간 어색한 침묵이 흘렀다. 그러자 헨리 부인이 갑자기 실없는 웃음을 터뜨리며 말했다.

"저는 그만 가볼게요. 공작 부인과 나들이 약속이 있어서요. 그레이 씨, 편하게 놀다 가세요. 그리고 여보, 당신 오늘 밖에서 식사하실 거죠? 저도 손버리 부인 댁에서 저녁 만찬이 있어요. 그 말하려고 들른 거예요."

말을 마치자 은은한 재스민 향을 남긴 채 부인이 방 밖으로 나갔고 헨리는 문을 닫았다. 그는 소파에 앉아 담배에 불을 붙이더니 그레이에게 말했다.

"도리언, 절대로 결혼하지 말게. 남자는 지쳐서 결혼을 하는 거고, 여자는 호기심 때문에 결혼을 하지. 결국 모두 실망하게 되는 거야."

"결혼 문제로 고민할 일은 없을 거예요. 저는 사랑에 빠졌거든요. 진정으로 사랑을 하게 되면 결혼 따위는 생각하지 않게 된다고 당신이 말했잖아요. 저는 당신이 말하는 대로 하는 사람이잖아요."

"누굴 사랑하는데?"

"여배우예요. 시빌 베인이라고 들어보셨어요?" 도리언 그레이가 얼굴을 붉히며 대답했다.

"금시초문인데……."

"아는 사람이 거의 없을 거예요. 하지만 곧 유명해질 겁니다. 그녀는 천재예요."

"이런, 무슨 그런 말을……. 이보게, 여자들 중에 천재는 없어. 여자는 그냥 장식에 지나지 않아. 내가 열심히 여자를 분석한 결과 알게 된 거야. 결국 따지고 보면 여자는 딱 두 부류만 존재한다네. 그냥 보통 여자들과 얼굴에 덕지덕지 화장하는 여자들. 그냥 평범한 여자들은 그런대로 쓸모가 있어. 하지만 요란하게 화장을 하는 여자들은 큰 실수를 하고 있어. 억지로 젊어 보이려고 기를 쓰는 것처럼 큰 잘못은 없어. 그보다는 말을 멋지게 보이도록 화장하는 게 낫지. 그렇다면 대화라도 할 수 있을 텐데 말이야. 요즘 런던에서 말이라도 붙여볼 만한 여자는 다섯 손가락 안에 꼽기도 어려울 정도야. 자, 자네가 천재라고 치켜세운 그 여자 이야기 좀 해보지. 그래, 안 지 얼마나 됐나?"

"3주 정도 됐어요."

"어떻게 알게 된 건데?"

"다 말해줄게요, 해리. 어느 날 저녁 7시쯤 나는 당신이 내게 해준 말을 생각하며 거리를 거닐고 있었어요. 당신이 말했지요? 아름다움에 대한 추구야말로 우리 존재의 진정한 비밀이라고. 저는 이 흉물스러운 런던이라는 잿빛 도시 안에, 저를 위한 그 무언가가 준비되어 있을지도 모른다는 생각을 하고 있었지요.

그런데 아무 생각 없이 길을 걷다가 지저분한 거리에서 그만 길을 잃고 말았어요. 그러던 중 우연히 보잘것없는 작은 극장 앞을 지나가게 된 거예요. 가스등 불빛이 밝게 밝혀져 있었고,

야한 포스터들이 덕지덕지 붙어 있었지요. 그리고 그 입구에 흉하게 생긴 유대인 한 명이 시가를 피우고 있었어요. 그런데 그 사내가 나를 보자, 모자를 벗고 허리를 굽실거리더니, '나리, 특별석을 원하시나요?'라고 묻는 게 아니겠어요? 정말 괴물 같은 사내였어요. 그런데 참 이상하지요. 뭔가에 끌린 듯 1기니를 주고 특별석을 얻은 거예요. 내가 무슨 생각이었는지 나도 잘 모르겠어요. 어쨌든 내가 그냥 지나쳤다면, 내 생애 최고로 아름다운 연애 시를 만들지 못했을 거예요. 비웃는군요. 당신, 정말 나쁜 사람이에요."

"아냐, 아냐. 절대로 비웃는 게 아니야. 다만 '내 생애 최고'라는 말을 '내 생애 처음'이라는 말로 바꾸었으면 하는 것일 뿐이야. 자네는 영원히, 언제고 사랑을 하게 될 텐데 말이야. 위대한 정열은 한가한 사람들이 누릴 수 있는 특권이야. 지금 자네의 사랑은 시작에 불과할 뿐이라고."

"당신은 내가 그렇게 경박하다고 생각하세요?" 도리언 그레이가 대들었다.

"무슨 소리를! 나는 자네가 깊이가 있다고 생각하는데……. 단 한 번밖에 사랑할 줄 모르는 자들이 경박한 자들이야. 상상력이 없으니 단 한 번밖에 사랑할 줄 모르는 거지. 어쨌든 이야기를 계속해보게."

"그런데 그런 형편없는 극장에서 셰익스피어의 〈로미오와 줄리엣〉을 상연하고 있는 거예요. 저는 화가 났어요. 그런 지저분한 곳에서 셰익스피어 연극을 본다는 게 말이 안 된다고 생각했지요. 게다가 오케스트라도 정말 형편없었어요. 로미오 역을 맡은 뚱자루 같은 배우나, 다른 배역이나 역겨울 뿐이었지요. 그런데 줄리엣은……! 해리, 한번 상상해보세요. 예쁜 꽃 같은 얼굴, 머리칼을 땋아 내린 그리스 조각 같은 자그마한 머리, 자줏빛 샘물이 솟아날 것만 같은 눈, 장미 꽃잎 같은 입술의 열일곱 살 소녀를! 내 생애 그렇게 아름다운 얼굴은 본 적이 없어요. 게다가 목소리는? 그런 목소리는 들어본 적도 없어요. 그녀는 목소리로 온갖 악기를 연주하는 것 같았어요.

그런데 왜 그녀를 사랑하면 안 되는 거지요? 전 그녀를 사랑해요, 해리. 그리고 그녀는 내 인생의 전부예요. 저녁마다 나는 그녀가 출연하는 연극을 보러 가요. 저는 그녀가 어떤 역을 하건, 어떤 옷을 입었건, 그녀를 사랑해요. 그녀는 그 모든 역을 완벽하게 소화하거든요. 보통 여자들과는 달라요. 해리, 보통 여자들은 우리에게 아무런 상상력도 주지 않아요. 그냥 보이는 그대로지요. 그런 여자들에게는 아무런 신비가 없어요. 하지만 여배우는…… 언제고 그 어떤 사람으로건 변신할 수 있는 그녀는……. 아아, 해리. 진정으로 사랑할 만한 여자는 바로 여배우라는 것을 왜 말해주지 않았어요?"

"그건 내가 여배우들을 너무 많이 알기 때문이지. 어쨌건 지금 그 시빌 베인과 자네는 어떤 관계야?"

"제가 그 극장에 세 번째 찾아갔을 때였어요. 그날 그녀는 셰익스피어 극 〈뜻대로 하세요〉의 로잘린드 역을 연기하고 있었지요. 저는 도저히 가만히 있을 수가 없었어요. 그녀에게 꽃을 던졌지요. 그런데 그 흉하게 생긴 유대인이 그동안 나를 유심히 보고 있었던 모양이에요. 제게 다가오더니 무대 뒤로 가서 그녀를 한번 만나보지 않겠느냐고 하더군요. 그런데 참 이상해요. 정작 그녀를 소개해주겠다는데 그녀를 만나지 않겠다고 고집을 부렸으니."

"난 하나도 이상하지 않은데. 어쨌든 그녀를 만났겠지. 자, 어떤 여자인지 설명해봐."

"수줍음도 많고 매력적이었어요. 아직 어린아이 같기도 했고요. 그녀의 연기에 대해 내가 칭찬을 하자 눈을 동그랗게 떴어요. 그 늙은 유대인은 분장실 문 앞에 서서, 저를 계속 '나리'라고 부르더군요. 그래서 저는 그녀에게 나는 귀족이 아니라고 설명해주었죠. 그러자 그녀가 말했어요. '당신은 왕자님처럼 보여요. 이제부터 당신을 멋진 왕자님이라고 부르겠어요'라고."

"도리언! 그 여자, 사람을 추켜세울 줄 아는 여자로군! 대단해! 자네가 나와 저녁을 함께 하지 않는 게 당연해."

"그래도 우린 매일 점심 아니면 저녁을 함께 하잖아요. 암튼 저는 단 하루도 그녀 연극을 보지 않고는 못 배기겠어요. 그 조그만 몸뚱이에 경이로운 영혼들이 감추어져 있다고 생각하면 가슴이 조이는 것 같아요. 해리, 당신은 인생의 비밀에 대해 모르는 게 없잖아요. 제발 말해주세요. 어떻게 해야 그녀가 저를 사랑할 수 있지요? 아, 해리! 내가 그녀를 얼마나 숭배하는지 당신이 알 수만 있다면!"

도리언은 극도의 흥분 상태에서 방 안을 왔다 갔다 하며 열변을 토하고 있었다. 헨리는 그를 즐거운 마음으로 바라보았다. 바질 홀워드의 화실에서 처음 보았을 때와 그는 얼마나 달라졌는가! 그때는 그토록 수줍어하며 겁에 질린 소년 같더니. 그의 본능이 꽃처럼 만개한 것이며, 마침내 그의 영혼이 은신처에서 나와 자신의 욕망과 만나게 된 것이다.

"내 이야기를 듣기 전에 자네가 어떻게 할 작정인지 먼저 말해보게."

"저는 바질과 당신이 저랑 함께 그녀 연극을 보러 갔으면 해요. 둘 다 그녀의 재능을 인정하게 될 거예요. 그리고 그 유대인 손아귀에서 그녀를 빼내 와야 해요. 그런 다음 웨스트엔드에 있는 극장을 하나 빌려서 거기서 연기하게 할 거예요. 사람들은 금세 그녀의 연기에 반할 거예요."

"그래, 언제가 좋을까?"

"오늘이 화요일이니까…… 내일이 좋겠어요. 내일 그녀가 줄리엣 역을 해요."

"좋아, 내일 8시에 브리스톨 호텔에서 만나서 저녁을 들기로 하지."

"안 돼요. 6시 반으로 해요. 막이 오르기 전에 가서 1막부터 봐야 해요."

"이거 참, 6시 반이라! 너무 일러. 7시로 하지. 7시 전에 식사하는 신사가 어디 있어? 자네가 바질에게 알릴 거야, 아니면 내가 기별을 보낼까?"

"아, 바질! 전 일주일 전부터 만나지 못했어요. 그렇게 멋진 액자에 넣은 초상화를 보내주었는데……. 미안하긴 해요. 하지만 당신이 기별을 해주는 게 좋겠어요. 솔직히 그분과는 단둘이 만나고 싶지 않아요. 너무 따분해요. 좋은 충고를 해주기는 하지만…….”

헨리는 미소를 지었다.

“이봐, 바질은 자신의 모든 매력을 화폭에 쏟아붓는 사람이야. 그 때문에 그의 실제 삶에는 남는 게 없어. 오로지 자기만의 원칙과 상식만 남을 뿐이지. 겉으로도 유쾌하고 즐거운 예술가들은 다 별 볼 일 없는 예술가들이야. 진짜 예술가는 작품 속에 모든 것을 다 쏟아부어. 그래서 그들 자신에게는 조금도 재미있고 유쾌한 게 남아 있을 수 없어. 위대한 시인일수록, 전혀 시적인 사람이 아닌 건 그 때문이야.”

“정말 그럴까요? 하지만 당신 말이니까 맞겠지요. 저는 이제 가봐야 해요. 내일 약속 잊지 마세요.”

도리언 그레이가 나가자 헨리는 눈썹을 내리깔고 생각에 잠겼다. 그에게 도리언 그레이만큼 관심이 가는 사람은 없는 게 분명했다. 그런데 그가 한 여자를 미치도록 사랑하게 된 지금, 아무런 불쾌감이나 질투심에 사로잡히지 않는 것은 무엇 때문일까? 그는 깊이 생각에 잠겼다. 그에게는 인간의 삶을 해부하고 탐구하는 것만이 가치가 있는 유일한 분야였던 것이다.

그는 잘 알고 있었다. 도리언 그레이의 영혼이 열려서, 그 하얀 비둘기를 사랑하게 된 것은 오로지 자신이 그에게 던져준 몇 마디 말들 덕분이라는 것을. 순간 그에게 희열이 느껴지며 눈에서 광채가 뿜어져 나왔다. 그렇다. 도리언 그레이는 넓은 의미에서 그가 창조한 피조물인 것이다. 보통 사람들은 삶이 조금씩, 조금씩 그 비밀을 드러낼 때까지 기다린다. 그러나 천재들은 삶이 비밀의 베일을 벗겨내기 전에 그 비밀을 발견한다.

그렇다, 그 젊은이는 이제 미리 익은 셈이다. 봄에 수확을 거두고 있는 셈이다. 그의 아름다운 얼굴과 꿈에 젖은 영혼을 바라보는 일은 그 얼마나 즐거운 일인가! 그 결말이 어찌 될 것인지 걱정할 필요가 어디 있단 말인가! 도리언 그레이는 연극에 등장하는 우아한 인물과 다름없었다. 그가 내보이는 기쁨은 우리가 함께 나누기 어렵고 낯설어 보일지 모르지만, 그가 겪는 고통과 슬픔은 우리의 미적 감각을 자극한다.

그렇다. 인간의 주체할 수 없는 열정을 분석하는 유일한 방법은 그것을 구체적으로 실험해보는 길밖에 없다. 그리고 도리언 그레이는 알맞은 실험 대상이다. 그가 시빌 베인이라는 여자에게 일순간 홀딱 빠져버린 것은, 아주 복잡한 것들이 어우러져 일어난 현상이다. 그것은 우리 자신이 잘 모르는 그런 감정에서 유래한 것이리라.

헨리가 그런 오만 가지 생각에 잠겨 있을 때 문을 두드리는 소리가 들렸다. 저녁 식사 약속 시간이 가까웠음을 하인이 와서 알린 것이다. 그는 자리에서 일어나 거리를 바라다보았다. 지는 해가 바로 앞 집 창문을 붉게 물들이고 있었고, 하늘은 색 바랜 장밋빛이었다.

밤 12시 반쯤 집으로 돌아와 보니, 테이블 위에 도리언 그레이가 보낸 전보가 한 통 놓여 있었다. 그가, 곧 시빌 베인과 결혼하기로 했다는 내용이었다.

제5장

"엄마, 엄마! 나 너무 행복해!"

젊은 여자가 지치고 힘이 없어 보이는 여인의 무릎에 얼굴을 묻고 속삭였다. 여인은 창문을 등진 채, 누추한 작은 거실의 단 하나뿐인 안락의자에 앉아 있었다.

딸이 다시 말했다.

"정말 행복해. 엄마도 행복하지?"

베인 부인은 놀란 몸짓을 하더니 야윈 손으로 딸의 머리를 쓰다듬었다.

"행복? 시빌, 난 네가 무대에 선 모습을 볼 때만 행복하단다. 넌 다른 생각을 하면 안 돼. 아이잭스 씨가 우리에게 좀 잘해줬니? 우린 그분에게 빚이 많아."

그러자 젊은 여자가 고개를 들더니 뿌루퉁한 기색으로 말했다.

"피, 돈보다 사랑이 중요하잖아."

"아이잭스 씨가 우리에게 50파운드를 가불해주었잖아. 그걸로 빚도 갚고 제임스 옷도 살 수 있었다는 것 잊지 마. 50파운드면 정말 큰돈이야. 아이잭스 씨는 정말 좋은 분이야."

"그 사람은 신사가 아니야. 난 그 사람 말하는 투도 싫어."

젊은 여자는 몸을 일으키더니 창가로 갔다.

"그렇지만 그분이 없으면 우리가 어떻게 연명해 나가겠니?" 부인이 투덜거렸다.

그러자 시빌 베인이 머리를 끄덕이며 명랑한 목소리로 말했다.

"엄마, 우리 이제 곧 그 사람 필요 없게 될 거야. '멋진 왕자님'이 우리를 돌봐줄 거야. 난 그분을 사랑해."

"바보 같으니라고. 정말 바보 같아." 어머니가 싸구려 보석으로 잔뜩 치장한 손가락을 흔들며 말했다.

젊은 여자는 다시 한 번 웃음을 터뜨렸다. 낡은 의자에 앉은 '지혜'가 불만스런 입술로 그녀에게 경고의 말들을 날렸다. '지혜'는 무기력함을 일컫는 데 불과한 이른바 '상식'이라는 것에 비추어, 조심해야 한다는 설교를 계속했지만 젊은 여자는 듣지 않았다. 그녀는 사랑이라는 감옥 안에서 자유로웠다. 그녀의 왕자님, '멋진 왕자님'이 그녀와 함께 하고 있었다.

그러자 '지혜'가 방식을 바꾸었다. 그 '멋진 왕자님'에 대한 정보를 탐색하기 시작한 것이다.

"그 사람 부자니? 그렇다면 결혼을 못 할 것도 없지."

시빌은 어머니의 입술에 미소가 떠오르는 것을 바라보았다. 그러나 그녀에게는 어머니의 말이 귓등을 스치고 지나갈 뿐이었다. 그녀는 자기의 속을 털어놓지 않고는 못 배길 것 같았다.

"엄마! 그이가 나를 왜 그렇게 사랑하는 걸까? 나는 그 사람에게 어울리는 사람도 아닌데……. 그런데 정말 모르겠어. 내가 그 사람보다 못하다는 걸 뻔히 알면서도 그 사람 앞에서 하나도 창피하지가 않단 말이야. 창피하기는커녕 자랑스러워, 너무너무 자랑스러워. 왜 그럴까? 엄마, 엄마도 내가 '멋진 왕자님'을 사랑하듯이 아빠를 사랑했어?"

싸구려 분을 덕지덕지 칠한 부인의 얼굴이 창백해졌고 입술이 일그러졌다. 시빌은 얼른 어머니에게 달려가 두 팔로 목을 끌어안았다.

"미안해, 엄마. 엄마가 아빠 이야기하는 거 안 좋아하는 걸 알면서……. 하지만 엄마, 그렇게 슬퍼하지 마. 난 지금 20년 전의 엄마처럼 행복해서 그러는 거야. 아, 언제까지고 이럴 수 있다면!"

"아가야, 너는 사랑 이야기를 하기에는 아직 너무 어려. 게다가 그 청년에 대해 아는 게 뭐 있니? 아직 이름도 모르잖아? 우선은 그런 걸 미리 알아야 해. 제임스도 오스트레일리아로 떠날 거고, 걱정거리가 한두 가지가 아닌 판에. 어쨌든 아까 말했지만, 그 청년이 부자라면……."

바로 그 순간 문이 열리면서 덥수룩한 검은 머리의 소년이 방으로 들어섰다. 둔해 보이는 얼굴에 손발이 큼직하고 행동이 굼뜬 게 누이와는 전혀 딴판이었다.

소년은 방으로 들어서자 부드러운 목소리로 시빌에게 말했다.

"누나, 내게 남겨줄 키스는 있겠지?"

"이런 흉악한 곰 같으니라고. 너, 남들이 키스해주는 거 싫어하잖아."

시빌은 그 말과 함께 동생을 꼭 껴안아주었다. 제임스 베인은 부드러운 눈길로 누이를 바라보더니 말했다.

"누나, 나랑 한 바퀴 돌고 오자. 이 더러운 런던을 다시는 보지 않게 될 테니."

그러자 베인 부인이 한숨을 내쉬며 말했다.

"얘야, 그런 말 말아라. 넌 오스트레일리아에서 돈을 많이 벌어서 돌아와야 해. 거긴 사교계 같은 것도 없을 거야."

"사교계? 난 그런 거 알고 싶지도 않아. 그냥 돈을 벌어서 엄마랑 누나를 무대에서 내려오게 하고 싶을 뿐이라고."

그러자 시빌이 웃으며 말했다.

"너도 참, 그렇게 말을 막 하면 어떡하니? 어쨌든 마지막 오후를 나랑 보내겠다니 고마워. 어디로 갈까? 하이드파크로 갈까?"

"거긴 좀 그런데……. 거긴 멋쟁이들만 가는 데잖아. 그래도 가보지 뭐. 누나, 얼른 가서 옷 갈아입고 와."

시빌은 콧노래를 흥얼거리면서 옷을 갈아입으려고 위층으로 뛰어 올라갔다. 그러자 여전히 안락의자에 앉아 있는 어머니 쪽을 향해 제임스가 말했다.

"엄마, 내 짐들 준비 다 됐지?"

"그래, 다 준비됐다."

어머니는 뜨개질을 멈추지 않은 채 말했다. 그녀는 몇 개월 전부터 이 거칠고 엄격한 아들과 함께 있으면 늘 마음이 편치 않았다. 그녀가 말을 이었다.

"제임스, 이 어미는 네가 선원 생활에 만족하길 바란단다. 네가 선택한 일이니까. 변호사 사무실에서 서기로 일할 수도 있었는데……."

"서기 일도 싫고 변호사도 싫어요. 하지만 엄마 말이 맞아. 내 인생, 내가 선택한 거지, 뭐. 어쨌든 지금 엄마에게 꼭 하고 싶은 말이 있어. 시빌 누나를 잘 돌봐주라는 말이야. 누나한테 나쁜 일이 생기면 안 돼. 누나를 잘 지켜줘야 해요."

"무슨 그런 이상한 말을 하는 거니? 물론이지. 내가 네 누나를 안 돌보면 도대체 누가……."

"소문을 들어서 그래요. 어떤 남자가 매일 밤 누나를 보러 극장에 온대요. 그리고 오랫동안 무대 뒤에서 누나랑 함께 있대요. 엄마도 알아요? 어떻게 된 거예요?"

"제임스, 넌 우리들 생활을 몰라서 그러는 거야. 우리 일은 사람들에게 칭송을 많이 받게 되어 있어. 나도 자주 꽃다발을 받곤 했단다. 어쨌든 그 남자는 제대로 된 신사인 게 분명해. 내게도 얼마나 친절했는데……. 게다가 부자인 것 같더라."

"하지만 그 친구 이름도 모르잖아."

"그래. 그 사람이 자기 이름을 밝히지 않았어. 그래서 더 낭만적이지 않니? 귀족인 게 분명해."

제임스 베인은 입술을 깨물었다.

"엄마, 어쨌든 누나를 잘 지켜줘. 잘 지켜줘야 해."

그때 시빌이 다시 방으로 들어왔다. 둘은 어머니께 다녀오겠다고 인사한 후 밖으로 나왔다.

그들은 음산한 유스턴 로드를 따라 내려갔다. 지나가는 사람들이 두 사람을 신기한 듯 쳐다보았다. 누추한 차림에 우울한 얼굴을 한 소년과 우아하고 세련된 차림의 여자가 영 어울리지 않아서였다. 제임스는 사람들의 그런 눈초리가 싫었다. 하지만 시빌은 달랐다. 그녀는 자신의 모습을 보고 사람들이 어떻게 생각하든 전혀 신경을 쓰지 않았다. 그녀는 속으로 '멋진 왕자님' 생각을 하고 있었다. 하지만 그녀는 왕자님 생각을 홀로 마음속에 깊이 간직하기 위해, 왕자님 이야기를 꺼내지 않았다. 그녀는 제임스가 타고 떠날 배에 대해, 그가 틀림없이 찾아낼 금에 대해, 그가 겪을 모험에 대해, 마음껏 상상하며 재잘거렸다. '그래, 동생은 언제까지나 그런 무서운 선원 생활을 하면 안 돼. 그는 모험을 겪고, 금덩이를 발견해야 하고, 산적들에게 잡혀 있는 아름다운 여인을 구해주어야 해. 그런 후 런던으로 돌아와서 멋지게 사는 거야.'

그녀는 동생에게 그렇게 성공하기 위해서는 무엇보다 착하게 살아야 한다고 충고했다. 자기가 비록 한 살밖에 많지 않지만, 인생에 대해서는 훨씬 더 많이 알고 있으니까, 자기 말을 들어야 한다고 말해주었다. 가능한 한 자주 편지를 써야 하고, 잠

자기 전에 하느님께 기도도 해야 한다. 하느님은 선한 분이시니 반드시 동생을 지켜줄 것이다. 그녀도 동생을 위해 기도할 것이며, 그러면 얼마 되지 않아 동생은 부자가 되어 행복한 모습으로 돌아올 것이다.

제임스는 시큰둥한 표정으로 말없이 누나 이야기를 듣고 있었다. 그는 누나에 대한 걱정에 사로잡혀 있었다.

누나를 꼬이려고 하는 그 멋쟁이는 누나에게 자기가 누군지도 말해주지 않았다. 신사인 게 틀림없는 것 같다. 하지만 바로 그 점 때문에 그가 더 싫다. 그리고 그는 자기 어머니가 얼마나 허영심이 강한지도 잘 알고 있었다. 바로 그 때문에 누나에게 더 큰 위험이 찾아오리라.

그가 아무 말이 없자 시빌이 말했다.

"짐, 너 내가 하는 말 하나도 안 듣고 있지? 왜 아무 말도 안 하는 거야?"

"무슨 말을?"

"하다못해, 엄마랑 누나를 잊지 않으리라는 이야기라도 해야 할 것 아니니?"

"내가 누나를 잊기보다는 누나가 나를 잊을 것 같은데……."

"그게 무슨 말이니?" 그녀의 얼굴에 새빨개졌다.

"다 들었어. 새 친구 생겼다며? 그런데 어떻게 내게는 아무 말도 안 해주는 거야? 그 사람 누나에게 하나도 좋을 게 없는 사람이야."

"그만해! 그 사람 험담하지 마. 난 그이를 사랑해!"

"사랑한다고? 그러면서 이름도 몰라?"

"그 사람 이름은 '멋진 왕자님'이야. 너도 한 번 보면 얼마나 멋진 분인지 알게 될 거야. 오스트레일리아에서 돌아오면 만날 수 있을 거야. 그러면 너도 그분을 좋아하게 될걸. 모든 사람들이 그분을 좋아해. 나는…… 나는 그분을 사랑하고……. 물론 나는 그분에 비해 가난해. 하지만 무슨 상관있어? 가난이 문틈으로 기어들어 온다면 사랑은 창문으로 날아들어 오는 법이라며?"

"그 사람은 누나를 노예로 만들걸."

"그럼 어때? 오히려 자유로워질까봐 겁나는데."

"누나, 그 사람 때문에 완전히 정신이 나갔네."

그녀는 웃으며 그의 팔을 잡았다.

"짐, 그렇게 늙은이처럼 굴지 마. 그 대신, 이렇게 행복해하는 나를 두고 떠나는 게 다행이라고 생각해. 너는 너의 새로운 삶을 찾아 떠나는 거고, 나는 내 새로운 삶을 발견한 거야. 아, 저기 의자가 두 개 있네. 우리 저기 가서 앉자."

그들은 의자에 가서 앉았다. 지나가는 사람들이 흘낏흘낏 그들을 바라보았다. 시빌은 제임스에게 그의 계획을 자세히 말해 보라고 했고 그는 천천히 입을 열었다. 그들은 그렇게 이야기를 주고받고 있었다.

그때였다. 시빌이 갑자기 자리에서 벌떡 일어나며 소리쳤다.

"그 사람이야!"

"누구?"

"멋진 왕자님!"

도리언 그레이가 두 명의 숙녀와 함께 마차를 타고 지나가는 모습이 그녀의 눈에 띄었던 것이다. 그러자 제임스도 자리에서 일어나 누나의 팔을 잡았다.

"어디? 나도 꼭 좀 봐야겠어."

그 순간 화려한 마차 한 대가 그들 눈앞을 지나가면서 그들의 시야를 가렸다. 그 마차가 지나가고 보니 도리언 그레이가 탄 마차는 사라지고 없었다.

"지나갔어. 네가 봤으면 좋았을 텐데." 시빌이 섭섭한 목소리로 말했다.

"나도 그래. 어쨌든 하느님께 맹세하지만, 그 사람이 누나에게 해를 끼치면 가만 안 놔둘 거야. 죽여버릴 거야."

그녀는 겁에 질린 눈으로 동생을 바라보았다.

"얘, 가자, 짐. 너 미쳤어. 정말 단단히 미쳤어. 어떻게 그런 끔찍한 소리를 할 수 있는 거니? 너도 사랑에 빠졌다면, 아마 너도……."

"그래, 난 열여섯 살밖에 안 됐어. 하지만 알 건 다 알아. 엄마는 누나를 돌볼 줄 몰라. 계약만 하지 않았으면 오스트레일리아 가는 걸 포기했을 텐데……."

"얘, 짐. 무슨 드라마 쓰고 있니? 자, 이런 일로 티격태격하지 말자. 나는 방금 그 사람 모습을 봤고, 그 사람을 보니 너무 기뻐. 너, 내가 사랑하는 사람에게 나쁜 짓 하지 않을 거지? 그렇지?"

"누나가 그 사람을 사랑하는 한……."

그녀에게는 불안한 대답이었다.

"영원히 그이를 사랑할 거야!"

"하지만 그 사람은?"

"그분도 나를 영원히 사랑할 거야!"

"잘해보시라지! 어련하시겠어!"

그녀는 제임스에게서 움찔 뒤로 물러났다. 그러더니 다시 깔깔 웃으며 동생의 팔을 잡았다. '그래, 제임스는 아직 어린애잖아……'라고 그녀는 생각했다.

마블 아치에서 그들은 합승 마차를 타고 유스터 로드의 누추한 그들 집으로 돌아왔다. 5시가 넘은 시각이었다. 제임스는 시빌에게 무대에 서기 전에 한두 시간은 쉬라고 우겼고 그녀는 그의 말을 받아들였다. 제임스는 어머니가 보지 않는 곳에서 누나와 작별 인사를 나누고 싶다며 시빌과 함께 2층 시빌의 방으로 올라왔다.

시빌의 방에서 그들은 작별을 나누었다. 제임스의 가슴속은 질투심으로 불타오르고 있었다. 그는 그 낯선 사람을 향해 살의에 가까운 적개심을 느꼈다. 그가 보기에 그는 자기와 누나 사이에 끼어들어 그 둘을 갈라놓으려는 훼방꾼에 불과했다. 누나와 헤어진 후 아래층으로 발걸음을 옮기는 제임스의 눈에는 눈물이 그렁해 있었다.

제임스가 아래층으로 내려오니 어머니가 그를 기다리고 있었다. 그는 하는 둥 마는 둥 식사를 마치자 자리에서 일어나 문으로 향했다. 시계가 6시를 울렸고, 떠날 시간이 되었던 것이다.

문으로 향하던 그는 갑자기 어머니 쪽으로 몸을 홱 돌렸다.

"엄마, 엄마에게 물어볼 게 있어. 사실을 말해줘야 해요."

어머니는 놀란 눈으로 아들을 바라보았다.

"엄마, 엄마가 우리 아버지와 결혼한 거 맞아? 말해줘. 나도 알 권리가 있잖아."

그녀는 깊은 한숨을 내쉬었다. 그녀가 늘 겁을 내던 질문이었다. 마침내 그 두려운 순간이 찾아온 것이다. 그런데 이상하게도 조금도 떨리지 않았다. 너무 단도직입적인 질문이어서 그녀도 아주 간단하게 대답했다.

"아니."

"그렇다면 우리 아버지는 악당이었군!" 젊은이는 주먹을 꽉 쥐며 외쳤다.

그녀가 고개를 가로저었다.

"그분이 자유롭지 못했을 뿐이야. 우린 정말 사랑했단다. 그분이 살아계셨다면 우릴 먹고 살게 해주셨을 거야. 얘야, 아버지를 비난하지 마. 네 아버지는 신사였단다. 집안도 아주 좋았어."

"나하고는 아무 상관없는 일이야! 어쨌든 시빌 누나를 그냥 두지 마. 누나를 꾄 사람도 신사라며? 게다가 집안도 좋다며?"

그러자 그녀가 떨리는 손으로 눈물을 닦으며 중얼거리듯 말했다.

"시빌에게는 엄마가 있지만…… 하지만 나는…… 나는 엄마가 없어."

젊은이는 가슴이 뭉클해서 어머니에게 다가가 그녀를 껴안았다.

“엄마, 아버지 이야기해서 미안해요. 난 이제 떠나야 해요. 엄마, 이제 엄마가 돌봐야 할 자식은 하나뿐이란 걸 잊지 마세요. 그리고 날 믿어요. 그 자식이 누이에게 뭔가 잘못하면 내가 기어이 찾아내서 요절을 내버릴 거야.”

그런 후 제임스는 트렁크를 들고 밖으로 나가, 마차를 불러 값을 흥정한 뒤 집을 떠나갔다.

제6장

"바질, 소식 들었나?"

3인분 저녁 식사가 차려진 브리스톨 호텔의 작은 방에서 헨리가 홀워드에게 말했다.

"무슨 소식? 설마 정치 소식은 아니겠지? 난 그런 건 흥미가 없어서. 하원 의원 중에는 초상화를 그려주고 싶은 사람이 한 명도 없어."

"도리언 그레이가 약혼을 한대."

홀워드가 깜짝 놀라는 표정을 짓더니 눈살을 찌푸렸다.

"도리언 그레이가 약혼을! 말도 안 되는 소리!"

"사실이야."

"누구랑?"

"무슨 하찮은 여배우라고 하더군."

"아니, 그런 똑똑한 친구가 무슨 그런 바보 같은 짓을!"

"너무 똑똑하면 가끔 바보짓을 저지를 수 있는 거야."

"해리, 결혼이라는 게 그렇게 가끔 할 수 있는 일인가?"

"내가 언제 결혼이라고 했나? 약혼이라고 했지. 결혼하고 약혼은 달라."

"어쨌든 도리언의 집안을 생각해봐. 그의 신분과 재산을! 그런 결합은 말도 안 돼!"

"도리언에게 그 말을 해봐. 그러면 틀림없이 그 여자랑 결혼할 거야. 사람이 한없이 어리석은 짓을 저지를 때는 필경 아주 고상한 동기가 있는 법이거든."

"그 여자가 착한 여자이길 바라는 수밖에……. 도리언이 그의 영혼을 더럽히고 정신을 망가뜨리는 여자와 엮이는 건 정말 원치 않아."

"착한 것 이상일걸. 도리언 말로는 아름다운 여자래. 그 친구 말은 믿어도 돼. 자네가 그 친구 초상화를 그려주는 바람에 그 친구의 미적 감각이 깨어났으니까. 어쨌든 그 친구가 우리를 바람맞히는 게 아니라면 우리는 오늘 저녁 그 여자를 볼 수 있을 걸세."

“그럼 자네는 그걸 인정한다는 건가? 순전히 맹목적인 정열에서 하는 짓일 텐데.”

“나는 인정한다, 안 한다, 이런 말 한 적 없어. 그럴 생각도 없고 그럴 수도 없어. 아, 우리가 무슨 도덕적 잣대를 들이대자고 이 세상에 태어난 건가? 도리언 그레이가 줄리엣을 연기하는 한 아름다운 여자와 사랑에 빠져서 결혼하려 한다. 왜, 안 되나? 뭐가 어때서? 자네는 내가 결혼 제도를 별로 좋아하지 않는다는 거, 잘 알지? 왜 그런지 아나? 결혼이 지닌 가장 큰 결점이 이기주의를 죽인다는 데 있기 때문이야. 이기적이지 않은 사람은 색깔이 없어. 개성이 없다는 말이야. 하지만 결혼도 경험이야. 그리고 모든 경험에는 나름대로의 가치가 있는 법이지. 나는 도리언 그레이가 그 여자와 결혼해서 한 6개월 정도 그녀와의 사랑에 푹 빠져 있다가, 다른 여자에게 다시 반하게 되길 원해. 미래를 향해 열린 눈을 갖는 공부를 한 셈이지.”

“해리, 자네가 한 말은 모두 진심에서 한 말이 아니라는 걸 내가 잘 알아. 도리언 그레이의 삶이 망가진다면 누구보다 자네가 가슴 아파할걸.”

“무슨 소리를! 다 내 진심이야. 망가진 삶이라고? 이 세상에서 망가진 삶이란, 오로지 자신의 열정과 담을 쌓고 지내는 삶일 뿐이야. 사람을 망치고 싶다면, 그를 바꿔놓으려 하는 것만으로 충분해. 그냥 지닌 그대로, 느낀 그대로 살게 하는 게 최고야. 아, 저기 도리언 그레이가 오는군. 저 친구가 더 자세히 말해줄 걸세."

도리언이 방으로 들어오더니 어깨에 걸치는 망토를 벗고 두 사람에게 악수를 청하며 말했다.

"오, 해리! 그리고 바질! 두 분 다 저를 축하해주세요."

그는 흥분과 기쁨으로 얼굴이 상기되어 있었고, 그 때문에 너무나 아름다웠다.

홀워드가 그에게 말했다.

"도리언, 자네가 늘 그렇게 행복하길 바라네. 하지만 내게 약혼 소식을 알리지 않은 건 좀 섭섭한데. 해리만 알고 있지 않은가?"

"나는 우리를 기다리게 한 게 더 섭섭하군. 자, 이곳 새 주방장 솜씨를 맛보기로 할까? 식사를 하면서 어떻게 된 일인지 이야기를 해줘." 헨리가 도리언의 어깨에 손을 얹으며 미소 띤 얼굴로 말했다.

"별로 말씀드릴 것도 없어요. 어제 저녁 해리와 헤어진 뒤, 여느 때처럼 극장에 갔어요. 시빌은 로잘린드 역을 연기하고 있었고요. 아, 두 분이 그녀를 보았다면! 얼마나 우아하고 훌륭

했는지 자세히 묘사하기도 힘들어요. 그녀는 정말 최고의 배우예요. 공연이 끝난 뒤 나는 무대 뒤로 가서 그녀와 이야기를 했어요. 나는 그녀 눈에서 이제까지 보지 못하던 표정을 보았어요. 나는 그녀 입으로 입술을 가져갔고 우리는 입을 맞추었어요. 그때의 느낌! 아, 그건 표현할 수가 없어요. 지금까지의 제 온 삶이, 더 할 수 없는 환희로 물든 어느 한순간으로 집중되는 것 같았어요. 그녀가 무릎을 꿇더니 제 손에 입을 맞추더군요. 이런 이야기를 해드리려고 했던 건 아닌데……. 그런데 나도 모르게 그만…….

어쨌든 우리가 결혼을 하기로 했다는 건 아직 절대 비밀입니다. 그녀의 어머니는 아직 이 사실을 몰라요. 그리고 내 후견인들이 어떤 반응을 보일지도 알 수 없고요. 아마 래들리 경은 화가 나서 펄펄 뛰겠지요. 하지만 상관없어요. 1년만 지나면 저도 성인이 될 것이고, 그러면 뭐든 내가 원하는 대로 할 수 있잖아요. 바질, 잘했다고 말해주세요. 셰익스피어 연극에서 나의 사랑을 찾은 거 말이에요. 아아, 로잘린드가 내 목을 감았고, 줄리엣이 내 입술에 키스를 해주었어요."

"그래, 도리언, 잘했어." 홀워드가 천천히 대답했다.

헨리는 생각에 잠긴 표정으로 샴페인을 입술에 갖다 대며 말했다.

"도리언, 그래 어느 순간에 그녀에게 결혼하자고 말했어? 정확히 말해봐."

"정식으로 청혼하지는 않았어요. 무슨 사업하듯이 일을 처리하고 싶지 않았거든요. 그저 그녀를 사랑한다고만 말했어요. 그랬더니 그녀는 내 아내가 될 자격이 없다고 말하더군요."

"맞아. 이런 일에서는 여자가 언제나 현실적이지. 그런 상황에서 남자들은 종종 결혼 이야기 같은 건 잊기 마련이야. 그러면 여자들이 우리들에게 현실을 상기시켜주지." 헨리가 주석을 달 듯 말했다.

그러자 도리언이 웃으며 고개를 들고 말했다.

"해리, 당신은 정말 어쩔 수 없는 분이에요. 하지만 당신에게 어떻게 화를 내겠어요? 나는 시빌 베인을 사랑해요. 그녀를 황금 제단 위에 올려놓고 온 세상이 그녀를 숭배하는 모습을 보고 싶어요. 그녀의 믿음이 나를 더 충실하게 만들고, 선하게 만들어줘요. 나는 이제 이전의 내가 아니에요. 나는 변했어요. 해리, 그녀와 함께 있으면 당신이 내게 가르쳐준 것을 귀담아 들었다는 게 후회돼요. 시빌 베인의 손을 살짝 만지기만 해도, 당신을 잊게 되거든요. 당신이 들려준 매혹적인 것 같지만 독으로 가득 찬 이론도 함께 잊게 돼요."

"무슨 이론?" 헨리가 샐러드를 입으로 집어넣으며 말했다.

"인생과 사랑과 쾌락에 대한 이론이요."

그러자 헨리가 듣기 좋은 목소리로 가락을 담아 말했다.

"이론을 갖출 자격이 있는 건 오로지 쾌락뿐이지. 하지만 그것도 내 이론이 아니야. 쾌락은 자연이 승인했다는 표시일 뿐이야. 우리가 행복하다면 우리는 늘 선할 수 있어. 하지만 우리가 선하다고 늘 행복할 수는 없네."

그러자 바질이 대화에 끼어들었다.

"자네, 선하다는 게 도대체 뭔가?"

"그거? 간단해. 자기 자신과 조화를 이루는 거지. 다른 사람들과 조화를 이루려다 보면 언제나 불협화음이 되기 마련이야. 자기 자신의 삶, 이게 중요한 거야. 이웃 사람의 삶은 우리와 아무 관계도 없어. 개인주의야 말로 인간의 가장 드높은 목표라네. 시대적 기준이란 건 상대적이야. 자기 시대의 기준 아래 정렬해 있는 것, 그게 인간이 보여줄 수 있는 가장 혐오스러운 부도덕이야."

"하지만 해리, 인간이 오로지 자기 자신만을 위해서 산다면 비싼 값을 치르지 않을까?"

"그래서? 부자가 값비싼 물건 사는 것과 마찬가지인데? 그걸 아껴서 뭘 해? 비싼 값을 치를 능력만 있으면 되는 거지."

"돈 이야기를 하는 게 아니야. 후회나 고통, 이런 것들. 비열한 짓을 저질렀다는 자의식, 이런 것들……."

"이보게, 그런 중세 같은 이야기 그만해. 문명인들이란 쾌락을 믿는 사람을 말하는 거야."

그러자 도리언 그레이가 큰 소리로 말했다.

"난 쾌락이 뭔지 알아요. 누군가를 숭배하는 거예요."

"그게 숭배 받는 것보다는 낫지. 숭배 받는다는 건 성가신 일이야. 그런데 여자들은 사람들이 신을 대하듯이 남자들을 대한단 말이야. 우리를 숭배하고는 뭔가 해주기를 바란단 말이야."

그러자 도리언이 떨리는 목소리로 말했다.

"여자들이 뭔가를 요구하는 건, 먼저 그 무언가를 주었기 때문이에요. 여자들은 우리에게 사랑을 창조해주었어요. 그러니 그걸 되돌려 달라고 요구할 권리가 있는 것 아닌가요?"

"그럴 수도 있겠지. 하지만 언제나 하찮은 것만 요구하는 게 문제지."

"해리, 정말 참고 듣기 힘들어요. 내가 왜 그렇게 당신을 좋아했는지 모르겠어요."

"도리언, 자네는 나를 언제고 좋아하게 될 거야. 하지만 그 이야기는 그만하고 이제 커피나 들지."

그들은 자리에서 일어나 웨이터가 가져온 커피를 마셨다. 바질은 말없이 뭔가 생각에 잠겨 있는 것 같았다. 그는 이 결혼을 받아들일 수 없었다. 하지만 어쩌면 다른 일이 생기는 것보다는 이게 나을지도 모른다는 생각이 들었다. 그러면서 야릇한 상실감 같은 것이 밀려오는 것을 어쩔 수 없었다. 도리언 그레이가 다시는 자신을 예전처럼 대해줄 것 같지 않았다. 그들 사이에 이제 삶이 끼어든 것이다.

마차가 극장 앞에 멈췄을 때쯤, 그는 자신이 몇 년은 더 늙은 것 같았다.

제7장

그날 저녁 극장은 만원이었다. 추한 얼굴에 능글능글한 웃음을 잔뜩 머금은 뚱뚱한 유대인이 그들을 입구에서 맞이했다. 그날따라 도리언 그레이는 그가 더더욱 보기 싫었다.

그들은 함께 특별석에 앉았다. 극장 안은 숨이 턱턱 막힐 정도로 무더웠고, 하류층 관객들이 떠들어대는 소리로 마치 도떼기시장 같았다. 헨리가 한마디 했다.

"참으로 멋진 곳이로군. 여기서 여신을 찾아냈단 말이지."

도리언 그레이가 들떠서 말했다.

"그럼요. 하지만 여신이란 표현으로도 부족해요. 그 이상이지요. 그녀가 연기하는 것을 지켜보면 당신은 모든 것을 잊게 될 거예요. 그녀가 무대에 올라오면 저 시끄럽고 천박한 관객들도 모두 딴 사람으로 바뀐답니다. 아주 얌전해져서 그녀의 연기에 따라 울고 웃게 되는 거지요. 그녀가 사람들을 사로잡고, 모두가 같은 피와 살을 지닌 것처럼 느끼게 해주는 거예요. 당신도 그렇게 될 겁니다."

"내가 남들과 같은 피와 살을 지니고 있다? 난 그렇게 되고 싶지 않은데……."

헨리의 말이었다.

그러자 화가가 말했다.

"도리언, 저 친구 말에 신경 쓰지 마. 나는 자네가 한 말을 이해할 수 있어. 그 아가씨가 영혼을 빼앗긴 사람들에게 영혼을 불어넣어 준다면, 추하기만 한 삶을 사는 사람들에게 아름다움을 보여준다면, 그들을 이기심에서 벗어나게 해준다면, 그녀는 자네가 숭배할 만한 자격이 있네. 모든 사람들이 숭배할 만한 자격이 있는 거지. 정말 그렇다면 그녀와 결혼하는 건 잘한 일이야. 불완전한 자네를 완벽하게 만들기 위해 신이 시빌 베인을 창조했다고 믿어주지."

그러자 도리언이 화가의 손을 잡으며 말했다.

"고마워요, 바질. 난 당신이 나를 이해해줄 줄 알고 있었어요. 해리는 너무 냉소적이라서 무서워요. 아, 오케스트라가 나왔네요. 형편없지만 5분만 참으면 연주가 끝나요."

약 15분 후 우레와 같은 박수를 받으며 시빌 베인이 무대에 등장했다. 그녀의 모습을 보고 헨리는 그녀가 정말 아름답다는 것을, 그동안 자신이 보았던 여자들 중에 가장 아름답다는 것을 인정하지 않을 수 없었다. 그녀의 모습을 보고 바질 홀워드는 자리에서 일어나 박수를 치기 시작했다. 도리언 그레이는 마치 꿈이라도 꾸고 있는 듯 넋을 잃고 앉아 있을 뿐이었다.

이윽고 연극이 시작되었다. 줄리엣 역을 맡은 시빌 베인은 멋지게 춤을 추었다. 그녀는 무대에 등장해 있는 배우들 사이에서 단연 군계일학이었다. 그녀는 마치 다른 세상에서 온 존재 같았다.

그런데 이상했다. 그녀의 연기에 그 무언가가 빠져 있는 것 같았다. 로미오를 향한 그녀의 눈에도 전혀 기쁨의 표정이 나타나 있지 않았고 그녀의 대사도 뭔가 억지로 꾸며대는 것만 같았다. 목소리는 훌륭했지만 어투는 거짓이었고, 그 안에서 열정이라고는 찾아볼 수 없었다.

도리언은 얼굴이 하얗게 질렸다. 그의 친구 두 사람은 그에게 아무 말도 할 수 없었다. 그들이 보기에 시빌은 재능이 없었다. 그들은 정말 크게 실망했다.

그래도 그들은 기다렸다. 줄리엣 역을 진정으로 시험해 볼 수 있는 장면은 2막의 발코니 장면임을 그들은 알고 있었기 때문이었다. 그 장면에서도 그녀가 형편없는 연기를 보여준다면 더 이상 두고 볼 것이 없었다.

달빛을 받으며 무대에 등장한 그녀는 정말로 황홀했다. 하지만 그녀의 연기는 여전히 형편없었고 시간이 흐를수록 그 도가 더해갔다. 극장에 들어차 있던 관객들이 연극에 흥미를 잃고 잡담을 하며 휘파람을 불기 시작했다. 유대인이 화가 나서 발을 동동 구르고 있었지만, 그녀는 아랑곳하지 않았다. 연기에 몰입하려는 생각이 아예 없는 것 같았고, 심지어는 일부러 연기를 아무렇게나 하는 것 같았다.

2막이 끝나자 야유 소리가 극장 안을 채웠고, 헨리도 자리에서 일어나 코트를 걸치기 시작했다.

"도리언, 아주 아름다운 아가씨야. 하지만 연기자로서는 형편없어. 자, 이제 가자고."

그러자 도리언이 비탄에 잠긴 목소리로 말했다.

"나는 끝까지 다 보고 가겠어요. 저녁 시간 헛되이 낭비하게 만들어서 두 분께 정말 죄송합니다."

그러자 홀워드가 그를 위로해주었다.

"시빌 베인 양이 오늘은 어딘가 몸이 안 좋은 모양이야. 다음에 다시 오도록 하지."

"차라리 아픈 거라면 좋겠어요. 어제는 그토록 훌륭한 예술가였는데, 하루 만에 평범한 배우로 바뀌다니……."

그러자 홀워드가 말했다.

"도리언, 자네가 사랑하는 사람에 대해 그런 식으로 말하지 말게. 사랑은 예술보다 훨씬 소중한 거야."

"둘 다 모방에 불과한 거지." 헨리가 비웃듯 말했다.

헨리는 도리언에게 함께 나가서 클럽에 가서 한잔하자고 권했다. 하지만 도리언은 막무가내로 남아 있겠다고 했다.

도리언을 혼자 극장에 남겨둔 채 헨리와 바질이 밖으로 나간 후, 곧 3막이 시작되었다. 하지만 3막은 더 형편없었다. 도리언이 도저히 참고 볼 수 없을 정도였다. 연극이 끝나기도 전에 관객의 절반이 구둣발을 울리며, 비웃고 떠들면서 밖으로 나가버렸다.

연극이 끝나자 도리언은 무대 뒤를 돌아 배우 대기실로 달려갔다. 시빌 홀로였다. 그런데 놀랍게도 그녀의 눈은 격정으로 불타고 있었고, 얼굴이 환하게 빛나고 있었다. 그녀의 반쯤 벌어진 입술은 그 무언가 신비스러운 미소를 그리고 있었다. 그녀는 도리언 그레이를 보자 황홀한 표정으로 말했다.

"도리언, 저 오늘 정말 연기 잘 못했지요?"

"정말 형편없었어. 끔찍했다고! 어디 아픈 거야? 내가 얼마나 괴로웠는지 알기나 해?"

그러자 그녀가 미소를 지었다.

"도리언, 당신이 이해해야 해요."

"뭘 이해하라는 거야?"

"제가 왜 그렇게 연기를 잘 못했는지, 왜 앞으로도 계속 그럴 것인지, 왜 내가 앞으로는 절대로 좋은 연기를 할 수 없는지."

그녀는 너무 행복해서 제정신이 아닌 것 같았다. 그녀는 도리언의 대답도 듣지 않고 계속 말을 이었다.

"오, 도리언! 당신을 알기 전에는 연극이 저의 유일한 존재 이유였어요. 극장만이 저의 전부였고, 제가 맡은 역 속에서 저는 제 삶을 산다고 생각하며 기뻐했어요. 함께 연기하는 배우들이 제게는 신과 같은 존재들이었고, 무대 배경이 제가 아는 세상의 전부였어요. 저는 그렇게 꾸민 세상을 진짜라고 생각하고 살았던 거예요.

오, 도리언! 그런데 당신이 제게 나타났어요. 당신이 내 영혼을 감옥에서 풀어주고, 진짜 현실이 무엇인지 가르쳐준 거예요. 저는 오늘 밤 난생 처음으로 제가 연기했던 그 모든 역할이 이름뿐이라는 것을, 아름답고 화려한 광경이 공허할 뿐이라는 것을 깨달은 거예요. 오늘 밤 저는, 로미오가 잔뜩 화장을 한 추한 늙은이에 불과하다는 것을, 아름다운 달빛이 순전히 조명의 장난에 불과하다는 것을, 내가 읊조리는 대사들은 진정으로 내가 하고 싶은 말들이 아니라는 것을 깨달은 거예요. 당신은 저를 현실이라는 한 단계 높은 곳으로 끌어올려주신 거예요. 그리고 예술은 현실의 그림자에 불과하다는 것을 가르쳐주신 거예요. 저는 당신 덕분에 사랑이 진정으로 무엇을 뜻하는지 알 수 있게 되었어요.

오, 내 소중한 분! 나의 '멋진 왕자님!' 내 삶의 왕자님! 저는 이제 이 환상 속의 세계가 지긋지긋해요. 당신 하나만으로도, 예술이 제게 가져다준 모든 것 이상을 제게 주었답니다. 오늘 저는 예술이 제게 가져다준 모든 것을 잃은 거예요. 하지만 아무렇지도 않았어요. 사람들이 야유를 해도 전 미소를 지을 수 있었어요. 그들이 어찌 우리의 사랑과 같은 사랑을 알 수 있겠어요?

도리언, 저를 데려가주세요. 우리 둘만 있을 수 있는 곳으로 저를 데려가주세요. 저는 이제 무대가 싫어요. 제 것이 아닌 열정을 흉내 내며 무대에 설 수는 있겠지요. 하지만 이렇게 자신을 불태우는 감정을 흉내 내는 연기란 상상할 수도 없어요. 제가 제 진실한 감정을 어떻게 무대에서 꾸며 보여줄 수 있겠어요? 오, 도리언! 당신은 제 말을 이해하시지요? 제가 당신을 진정으로 사랑하는 지금, 저는 무대에서 사랑을 연기할 수 없어요. 그건 우리의 사랑에 대해 신성모독을 행하는 것과 같으니까요."

그녀의 말을 가만히 듣고 있던 도리언은 소파에 쓰러지듯 주저앉으며 중얼거리듯 말했다.

"당신이 내 사랑을 죽인 거야."

그의 눈은 다른 곳을 향하고 있었다. 시빌이 그에게 다가가 무릎을 꿇고 그의 손에 입을 맞추었다. 그러자 그는 손을 거둬들이고, 벌떡 일어나 문가로 향했다. 그리고 그녀를 향해 소리쳤다.

"맞아, 당신이 내 사랑을 죽였어. 이제 나는 당신에게 조금도 관심이 없어. 내가 당신을 사랑한 것은 당신이 뛰어난 배우였기 때문이야. 당신이 똑똑했기에, 당신이 천재였기에, 당신이 시인의 위대한 꿈을 무대 위에서 보여주었기에, 예술이 창조해 낸 환상에 당신이 피와 살을 붙여주었기에 당신을 사랑한 거야. 그런데 당신이 그 모든 것을 다 망쳐버렸어. 이제 당신은 내게 아무것도 아니야. 맙소사, 당신을 사랑하다니 내가 미쳤었지! 당신을 더 이상 보고 싶지 않아. 당신 이름까지도 잊어버리겠어. 무슨 짓을 해서라도 당신을 알지도 못했던 것처럼 만들겠어. 당신은 내 삶에서 사랑을 꺾어버렸어. 난 당신을 멋지고 유명한 배우로, 굉장한 배우로 만들 수도 있었어. 세상 사람들이 모두 당신을 숭배할 수도 있었고, 당신이 내 이름을 가질 수도 있었어. 그런데 지금의 당신은 도대체 뭐지? 뜨내기 삼류 배우 탈을 쓴 예쁜 여자에 불과할 뿐이야."

젊은 여자는 얼굴이 하얗게 질린 채 몸을 부르르 떨었다. 그녀는 두 손을 모으고 숨이 막히는 듯한 목소리로 말했다.

"진심이 아니죠, 도리언? 지금 연기하고 있는 거지요?"

"연기? 내가? 그런 재주는 당신만 있는 거 아닌가?" 도리언이 원한에 찬 목소리로 말했다.

그녀는 꿇었던 무릎을 일으켜 세우고 그의 곁으로 다가가 그의 팔을 잡고 그의 눈을 바라보았다. 그러자 그가 그녀를 밀쳐내며 소리쳤다.

"만지지 마!"

절망의 신음 소리와 함께 그녀는 그의 발아래 쓰러져 짓밟힌 꽃잎처럼 꼼짝 않고 있었다.

"도리언, 도리언! 나를 버리지 말아요! 떠나지 말아요. 전, 정말 견딜 수 없을 거예요. 열심히 할게요. 더 잘하도록 노력할게요. 아아, 이 세상 그 누구보다 당신을 사랑한다는 이유로 당신이 나를 떠나게 되다니……. 아아, 내가 당신 마음에 들지 않는 건 이번 딱 한 번뿐이잖아요. 오, 도리언, 당신이 옳아요. 나는 예술가 이상의 모습을 당신에게 보여주어야만 했어요. 나는 정말 바보였어요. 하지만 정말 어쩔 수 없었어요. 도리언, 제발 나를 버리지 말아요."

그녀는 바닥에 웅크리고 앉아 있었고 도리언 그레이는 그녀를 내려다보고 있었다. 그에게는 시빌 베인의 행동이 신파조로 보였고 그녀의 눈물과 흐느낌이 그를 더욱 짜증나게 만들었다. 그는 그녀에게 간다는 말만 차갑게 남기고 극장 밖으로 나왔다.

그는 자신이 어디를 헤매는지도 모르는 채 거리를 헤매다가 동이 튼 지 한참 지나서야 집으로 돌아왔다. 그는 모자와 망토를 거실 탁자에 벗어던진 후 서재를 지나 1층 침실로 갔다. 자신의 취향대로 직접 장식을 하고 르네상스 풍의 타피스리를 깔

아놓은 호사로운 방이었다.

무심코 침실 문을 열던 그는 흠칫 놀랐다. 바질 홀워드가 그린 초상화가 그의 눈에 들어왔던 것이다. 블라인드 틈새로 희미하게 스며들기 시작한 새벽 여명에 드러난 초상화의 얼굴이 뭔가 변한 것 같았다. 표정이 이전과 달랐다. 입술이 약간 비틀어진 게, 은근하게 잔인한 느낌을 주는 것 같았다. 정말 이상한 일이었다.

그는 커튼을 젖히고 헨리가 선물로 준 타원형 거울을 들고 자신의 얼굴을 비춰보았다. 그러나 자신의 입술은 비틀어지지도 않았고 잔인함의 흔적 같은 것은 없었다. 그는 두 눈을 비볐다. 그리고 초상화로 가까이 다가가 다시 한 번 자세히 살펴보았다. 손을 댄 흔적이라고는 없었다. 하지만 무슨 변화가 있던 것은 의심의 여지가 없었다. 그가 그렇게 상상한 것이 아니었다. 그의 두 눈앞에 빤히 그 증거가 드러나 있었다.

그는 안락의자에 몸을 던지고 정신을 집중했다. 불현듯 그의 머리를 스치고 지나가는 것이 있었다. 바질 홀워드가 초상화를 완성하던 날 그는, 자신은 젊음을 그대로 유지하고 초상화가 늙어갔으면 좋겠다고 말했었다. 그러나 그건 말도 안 되는 소망이었다. 그런 일은 불가능할 뿐더러, 그런 생각을 한다는 것

조차 얼토당토않은 일이었다. 그런데…… 그런데…… 지금, 그의 앞에 변한 그림이 있지 않은가? 그 입가에 잔인한 표정을 짓고 있지 않은가?

잔인함이라니? 그가 시빌에게 보인 것이 잔인함이었단 말인가? 그렇다고 하더라도 그건 그녀의 잘못이지 그의 잘못이 아니지 않은가? 그는 위대한 예술가로서의 그녀의 모습을 꿈꿨다. 그녀가 위대하다고 생각했기에 그녀를 사랑한 것이다. 하지만 정작 그녀가 보여준 것은? 그의 발치에 엎드려 어린아이처럼 흐느끼던 그녀를 생각하면 어느 정도 후회가 되지 않는 것도 아니었다.

하지만 고통스럽기는 그도 마찬가지였다. 연극이 공연되던 세 시간은 그에게 마치 몇 세기의 세월처럼 긴 시간이었다. 그가 그녀에게 영원히 상처를 준 것이라면, 그녀는 그를 한순간에 죽여버렸다. 게다가 여자들은 남자보다 슬픔을 잘 견디게 되어 있지 않은가? 또한 헨리의 말대로 여자는 감정을 먹고 사는 존재들이며, 오로지 자신의 감정에만 충실하지 않은가? 시빌은 자기를 진정으로 사랑해서 슬퍼한 것이 아니라, 자신의 슬픈 감정에 충실한 것뿐이다. 그리고 이제 그녀는 그에게 아무것도 아니다. 그러니 시빌 베인 때문에 자신이 괴로워해야 할 이유가 어디 있는가?

그렇지만 그림은? 저 그림은 어떻게 생각해야 할까? 저 그림은 자기 삶의 비밀을 감추고 있으며 그의 삶의 연대기를 말해주고 있다. 저 초상화는 그에게 자신의 아름다움을 사랑하라고 가르쳐주었다. 그런데 저 초상화가 스스로의 영혼을 저주하라고 가르쳐준다면? 그래도 저 그림을 버리지 않고 바라보아야 할 것인가?

아니다! 이 모든 것은 그의 감각이 혼란에 빠져 있기에 벌어진 일이다. 하도 힘든 밤을 겪었기에 환영이 나타난 것이다. 그림은 변하지 않았다. 그런 생각을 한다는 것 자체가 정신 나간 짓이다.

그러나 곧 연민의 감정이 그를 사로잡았다. 자신을 향한 연민이 아니라 그림 속 이미지를 향한 연민이었다. 그 이미지는 분명 변했고 앞으로도 변할 것이다. 그가 매번 죄를 지을 때마다 화폭 위에는 결점이 덧붙여져 아름다움을 훼손시킬 것이다.

그렇다면? 더 이상 죄를 짓지 않으리라. 저 초상화는 그것이 변하느냐, 변하지 않느냐에 따라 그의 양심을 이끄는 길잡이가 되리라. 그리고 오늘부터 온갖 유혹도 뿌리치리라. 헨리 경도 더 이상 만나지 않으리라. 그를 처음 만나던 날부터 자신을 불가능한 망상에 빠지게 했던 그의 말을 절대로 귀담아 듣지 않으리라. 시빌 베인에게로 돌아가 용서를 빌고, 그녀와 결혼해서 그녀를 다시 사랑하도록 애쓰리라. 그렇다! 그렇게 하는 것이 그의 의무였다. 그들은 다시 행복해질 수 있을 것이며, 그녀 곁에서의 그의 삶은 더없이 아름답고 순수하리라.

그는 의자에서 일어나서 초상화를 커다란 천으로 덮었다. 그리고 창가로 가서 창문을 열었다. 그런 후 그는 잔디밭으로 나가 깊은 숨을 들이마셨다. 시원한 아침 공기가 그의 어두운 생각들을 몰아내주는 것 같았다. 이제 그는 시빌만을 생각했다. 시빌을 향한 사랑이 은은한 메아리가 되어 그에게 다시 돌아왔다. 그는 그녀의 이름을 부르고 또 불렀다. 이슬을 머금고 있는 정원에서 노래하는 새들도 마치 꽃들에게 그녀의 이야기를 들려주고 있는 것 같았다.

제8장

그가 잠에서 깨었을 때는 이미 정오가 한참 지난 뒤였다. 그가 잠에서 깨어나 종을 울리자 시종이 찻잔과 편지 몇 통이 담긴 쟁반을 들고 침실로 나타났다.

"지금 몇 시지, 빅터?" 잠이 덜 깬 목소리로 도리언 그레이가 물었다.

"1시 15분입니다, 나리."

아니, 이렇게 늦게까지 자다니! 그는 자리에서 일어나 차를 마시며 편지를 들춰보았다. 그중 하나는 헨리 경이 인편으로 보낸 편지였다. 그는 잠시 주저하다가 그 편지를 옆으로 밀쳐내고 다른 편지들을 살펴보았다. 언제나 그렇듯이 식사 초대장, 미술품 전시회 티켓, 자선 콘서트 프로그램 등, 별것이 없었다.

그는 욕실로 가서 샤워를 한 후 서재로 들어가 아침 식사를 했다. 기분이 상쾌했다. 그런 그에게 갑자기 그가 자기 초상화에 씌워 놓았던 가리개가 눈에 들어왔다. 그는 자신도 모르게 몸을 떨었다.

정말 초상화가 변했던 걸까? 화폭에 이미 그려진 그림이 변하다니, 정말 망측한 생각이 아닌가? 바질에게 이야기해주면 어지간히도 재미있어 하리라.

하지만 어제 분명히 두 번이나 확인하지 않았는가? 그는 혼자 다시 한번 확인해보고 싶었다. 그는 시종에게 누가 찾아오더라도 집에 없다고 하라고 전한 후 시종이 물러가자 소파에 앉아 그림 가리개를 바라보았다. 그런 후 그는 자리에서 일어나서 방의 양쪽 문을 다 잠갔다. 마치 자신의 얼굴 위에 씌워진 추한 가면을 남들에게 들키고 싶지 않은 기분과 비슷했다. 그는 가리개를 옆으로 밀어낸 다음 다시 초상화를 바라보았다. 사실이었다. 초상화는 분명 변해 있었다.

도대체 무슨 작용이 일어난 것일까? 자신의 영혼과 캔버스에 색과 형태로 나타난 원자들 사이에 은밀한 공감대가 형성되어 있단 말인가? 자기 영혼에게 일어난 일을 그 원소들이 실현시킬 수 있단 말인가? 아니면 그와는 또 다른 그 무슨 무시무시한 원인이 있단 말인가? 도리언은 불안해서 몸이 떨렸다. 다시 소파로 돌아가 앉은 그는 공포로 일그러진 얼굴을 한 채, 초상화를 뚫어지게 바라보았다.

3시가 울렸고 이어서 4시가 울렸으며 또다시 30분이 지났다. 도리언 그레이는 여전히 꼼짝도 하지 않았다. 도무지 어떻게 해야 할지 알 수 없었고, 생각의 갈피를 잡을 수도 없었다. 마침내 그는 테이블로 가서 이별을 고한 애인에게 열정적인 편지를 쓰기 시작했다. 자신의 용서를 빌면서, 자기가 제정신이 아니었다는 내용이었다. 사람은 누구나 자기 죄를 고백하는 순간, 그 고백으로 자신이 면죄를 받았다고 생각하는 법이다. 편지를 마무리하자 도리언은 자신이 용서를 받았다고 느꼈다.

그가 편지 쓰기를 마쳤을 때 문 두드리는 소리가 났고, 헨리의 목소리가 들렸다.

"이봐, 꼭 할 말이 있어. 어서 문을 열어줘. 이렇게 문을 걸어 잠그고 도대체 무슨 짓인가!"

'그래, 맞아들이는 게 낫겠어. 그리고 앞으로 새롭게 살아가겠다고 설명해주어야지. 필요하다면 언쟁도 벌이고 그와 결별해야 한다면 그렇게 하지 뭐.' 그는 서둘러 그림에 가리개를 씌운 후 문을 열어주었다.

헨리가 들어오자마자 그에게 말했다.

"도리언, 안된 일이네. 하지만 이미 벌어진 일, 깊이 생각하지 않는 게 상책이야."

"시빌 베인 말씀하시는 겁니까?"

"당연하지." 헨리는 안락의자에 앉아 장갑을 천천히 벗겨 내며 말했다.

"연극이 끝난 후 그녀를 보려고 무대 뒤로 갔었나?"

"네."

"그럴 줄 알았어. 그리고 한바탕 했겠지?"

"내가 너무 사납게 굴었어요. 하지만 후회하지 않아요. 그 덕분에 나 자신을 더 잘 알게 되었으니까요."

"오, 도리언, 자네가 그런 식으로 받아들인다니, 기쁘네. 난 자네가 자책에 빠져 있을까봐 걱정했지."

"그럴 리가요. 이제 그건 다 털어버렸어요. 이제 정말 행복해요. 내 양심의 목소리를 들었으니까요. 해리, 제발 비웃지 말아요. 나는 착해지고 싶어요. 제가 비열한 영혼을 지닌 놈이 된다는 건 더 이상 참아낼 수 없어요."

"멋진 프로그램이로군. 그래, 어떻게 시작할 건데?"

"우선 시빌 베인하고 결혼하는 거지요."

"뭐야? 시빌 베인과 결혼을 해?" 헨리는 놀란 듯 자리에서 벌떡 일어나며 외쳤다.

"해리, 당신이 무슨 말 하려는지 다 알아요. 결혼이 어리석은 짓이라는 말이겠지요. 하지만 다시는 그런 말 하지 말아요. 난 이틀 전에 그녀와 결혼을 약속했고, 그 약속을 깨고 싶지 않아요. 시빌은 내 아내가 될 겁니다."

"자네 아내가 된다고! 아니 도리언, 내 편지 못 받았나?"

"당신 편지요? 아, 받았지요. 하지만 아직 읽지 않았어요. 분명 내가 싫어하는 내용이 담겨져 있을 게 뻔한데요, 뭐."

"그렇다면 자네, 아무것도 모른단 말이야?"

"뭘 모른단 말씀이세요?"

헨리는 도리언이 앉아 있는 곳으로 가서 그 옆에 앉았다.

"도리언, 내 편지는…… 자네에게…… 시빌이…… 시빌이 죽었다는 걸 알리는 내용이었어."

도리언은 외마디 비명을 지르며 헨리의 손을 뿌리치고 벌떡 일어났다.

"시빌이 죽어요? 시빌이? 무슨 그런 거짓말을! 무슨 그런 새빨간 거짓말을!"

그러자 헨리가 심각하게 말했다.

"사실이야, 도리언. 오늘 아침 신문마다 다 났어. 그래서 나를 보기 전에는 아무도 만나지 말라고 편지를 한 거야. 당연히 수사가 있을 거고, 자네는 거기 휘말려들면 절대 안 돼. 극장 사람들이 자네 이름을 모를 것 같은데, 맞지? 자네가 분장실 근처에 들락날락하는 걸 본 사람은 없겠지? 아주 중요한 일이야."

공포에 사로잡힌 도리언은 한동안 아무 말도 하지 못했다.

"해리, 수사라고 했어요? 그렇다면 시빌이……? 오, 해리, 제발 말해줘요. 더 이상 견딜 수 없어요!"

"사고가 아닌 건 확실해. 어젯밤 12시 반쯤 어머니와 함께 극장을 나서다가, 뭔가 잊은 게 있다며 시빌이 다시 극장으로 들어갔대. 그런데 한참을 기다려도 내려오지 않기에 사람들이 다시 극장으로 들어가 보았다더군. 그런데 그녀가 분장실 바닥에 의식을 잃고 쓰러져 있었다는 거야. 극장에서 사용하는 무슨 위험한 약물을 삼킨 모양이래. 청산가리인지 백연인지 잘 모르겠다는데, 내 생각에는 청산가리 같아. 그녀가 그 자리에서 즉사했다고 하니……."

"오, 해리! 무슨 그런 끔찍한 일이!"

"그래, 도리언. 아주 비극적인 일이야. 하지만 자네가 이 일에 연루되면 곤란해. 여기가 파리라면 자네가 유명해지는 데 도움이 되겠지. 하지만 런던은 편견이 심한 곳이야. 그런 추문으로 세상에 이름이 알려지면 안 돼. 도리언, 그 일은 더 이상 신경 쓰지 말게. 나랑 저녁을 들고 함께 오페라나 구경 가자고."

"내가 시빌을 죽인 거예요." 도리언이 중얼거렸다. "아아, 내 두 손으로 그녀 목을 조른 것과 같아요. 오오, 그런데 나는 당신과 저녁을 하고, 오페라 구경을 하고, 그다음에는 카페에서 한잔하고 있겠지요. 아, 인생이란 얼마나 어두침침한 소극(笑劇)이란 말인가!

자, 보세요. 이게 제가 온 열정을 다해 처음으로 쓴 연애편지예요. 그런데 그 편지가 죽은 여자에게 쓴 편지라니! 오, 해리! 내가 그녀를 얼마나 사랑했는데! 그녀는 내게 전부였는데……. 그리고 어젯밤 그녀가 내게 정말로 감동적인 이야기를 들려주었는데……. 그런데 어리석게도 나는 감동할 줄 몰랐던 거예요. 그녀를 천박하다고 생각했던 거예요. 아아, 이제 다시 그녀에게 돌아가려 했는데……. 내가 얼마나 자신을 책망했는데……. 그런데 그녀가 죽다니! 오, 해리! 난 이제 어떡해야 해요? 그녀만이 나를 바르게 살도록 지켜줄 수 있었는데……. 아아, 그녀에게는 자살할 권리가 없어! 그렇게 죽다니, 너무 이기적이야!"

헨리가 담뱃갑에서 담배 한 개비를 빼들고 금박을 입힌 성냥

갑을 꺼내며 말했다.

"도리언, 여자들이 남자들을 지켜주는 유일한 방법이 뭔지 말해줄까? 남자들이 삶에 대한 의욕을 잃어버릴 정도로 그들을 따분하게 만드는 것, 바로 그거야. 자네가 그 젊은 여자와 결혼했다면 자네는 분명히 불행하게 되었을 걸세. 얼마 지나지 않아, 그녀는 자네가 그녀에게 아무런 관심도 없다는 걸 알게 되었을 거야. 남편이 자기에게 관심이 없다는 걸 알게 된 여자는 다른 여자의 남편이 사준 예쁜 모자들로 위안을 삼게 되는 법이야."

도리언은 창백한 얼굴로 방 안을 서성거리며 중얼거렸다.

"그럴 수도 있겠지요. 하지만 나는 내 의무에 대해……."

그는 다시 헨리 곁에 앉았다.

"해리, 그런데 정말 이상해요. 이런 비극적인 일을 겪고도 왜 생각만큼 고통스럽지 않은 거지요? 내가 무정한 놈인가요?"

그러자 헨리가 특유의 아름다운 미소, 하지만 뭔가 우울해 보이는 미소를 지으며 말했다.

"이보게, 도리언. 자네가 최근 보름 동안 한 어리석은 짓들을 보면, 정이 넘쳐서 문제인 것 같은데……."

그 말에 젊은이는 눈살을 찌푸렸다.

“무정한 놈이라는 말보다는 낫네요. 하지만 어쨌든 이 일로 당연히 그래야 할 만큼 강한 충격을 받은 건 아니에요. 이 불행한 일이 마치 그리스 비극의 결말처럼 느껴져요. 내가 그 비극의 주인공들 중 한 명의 역을 맡았지만, 아무런 피해도 입지 않고 그 비극에서 빠져나온 느낌?”

“재미있는 관점이야.” 헨리는 이 젊은이의 무의식적인 이기심에 흥미를 느끼면서 말을 받았다. “우리가 불행한 일들을 겪으면 가끔 우리에게 연극적 감각이 살아나는 때가 있어. 그러면 우리는 자신이 자신의 삶의 연기자가 아니라 관객이 된 것처럼 느끼게 되는 거지. 혹은 그 둘 다인 것처럼 느끼기도 해. 우리는 자신이 연기하는 것을 지켜봐. 그리고 그 연극의 재미에 사로잡혀.

도리언, 이번 일에서 확실한 건, 한 여자가 자네를 향한 사랑 때문에 스스로 목숨을 끊었다는 거야. 내게는 결코 일어나지 않던 일이지. 내게 그런 일이 일어났다면 아마 평생 사랑에 푹 빠져 지냈을지도 몰라. 하지만 나를 숭배했던 여자들은 나와 서로 관심을 끊은 후에도 잘 살고 있어. 그러고는 기억이라는 그 흉한 상자는 버리지 않고 간직하고 있지. 참으로 여인들의 기억력이란! 언제 5막이 닫히고 연극이 끝났는지도 모르는 채 여섯 번째 막이 오르길 기다리고 있는 꼴이란 말이야. 하지만 도리언, 자네의 시빌은 달라. 그녀의 죽음에는 진짜 아름다운 그 무언가가 있어. 그런 걸작을 만들어낸 시대에 내가 살고 있다는 게 참으로 기쁘다네."

"난 그녀에게 너무 잔인했어요. 그걸 잊으신 건 아니겠지요?"

"여자들은 잔인한 걸 숭배하는 존재야. 여자들에게는 경탄할 만한 원시적 본능이 있어. 우리들은 여자들을 해방시켰지만, 여자들은 주인이 없어서 어쩔 줄 모르는 노예로 여전히 남아 있어. 지배당하고 싶어 안달이 나 있다고. 그러니 자네는 정말 멋진 친구야. 내가 장담해."

도리언은 얼굴을 두 손에 파묻고 중얼거렸다.

"그런다고 그녀가 되살아올 수 있나요?"

"그럴 수는 없지. 그녀는 마지막 역을 연기한 거야. 자네는 그녀의 죽음을 멋진 연극의 한 장면처럼 생각해야 해. 그녀는 결코 현실을 산 게 아니야. 그녀는 자네에게 한 편의 멋진 꿈이었어. 그런데 그 꿈이 현실로 내려오는 순간, 자네가 꿈꾸었던 그 삶이 훼손된 거야. 그리고 그 삶이 그녀에게 상처를 준 것이고 결국 그녀가 죽게 된 거야. 그러니 시빌 베인 때문에 헛된 눈물 흘리지 마. 그녀는 결코 현실 속의 인물이 아니야."

침묵이 흘렀다. 저녁의 어스름이 방 안을 덮기 시작했다. 얼마 후 도리언 그레이가 고개를 들었다.

"해리, 당신이 나 자신을 내게 설명해준 셈이에요." 그는 안도의 한숨 비슷한 것을 내쉬며 말했다. "저도 당신이 말해준 것처럼 느꼈던 것 같아요. 하지만 그걸 입 밖에 내기가 두려웠어요. 어떻게 표현해야 할지도 몰랐고요. 이제 지나간 일은 더 이야기하지 않기로 해요. 제 인생이 또 그런 놀라운 일을 준비해 놓고 있는지 모르겠어요."

"도리언, 인생은 자네에게 바람직한 모든 것을 마련해 놓고 있다네. 자네의 뛰어난 아름다움 앞에서는 그 어떤 일이든 다 일어날 수밖에 없어. 자, 옷 갈아입고 클럽으로 가서 식사를 하자고. 벌써 꽤 늦었어."

"그러지 말고 오페라 극장에서 만나요. 너무 지쳐서 아무것도 못 먹을 것 같아서요. 칸막이 좌석 번호나 알려주세요."

"27번이야. 누이가 예약해둔 좌석이야. 그럼 이따가 8시 30분에 극장에서 보지."

헨리가 나가자 도리언은 초상화의 가리개를 치우고 그림을 바라보았다. 여전히 잔인한 표정이 나타나 있었다. 그 표정은 분명 그녀가 독약을 마시는 순간에 나타난 것이리라. 하지만 그림을 바라보면서 그는 죄의식을 떨쳐버렸다. 그리고 이제 선택할 시간이 되었다고 생각했다. 아니, 이미 선택이 내려진 것이 아닐까? 인생이, 그리고 삶에 대한 그의 지칠 줄 모르는 호기심이 이미 결정을 내렸다.

영원한 젊음, 채워지지 않는 열정, 은밀한 쾌락, 뜨거운 관능과 불타오르는 죄, 이 모든 것이 운명적으로 이미 그의 앞길에 주어진 것이며, 치욕의 무거운 짐은 초상화가 대신 짊어지게 될 것이다. 그리고 그것이 다였다. 그는 여전히 젊고 아름다울 것이며 초상화가 추하게 늙어가리라.

그는 한순간, 자신과 이 초상화를 묶고 있는 무서운 끈을 끊어달라고 기도하면 어떨까 하는 생각을 했다. 자신을 영원히 젊게 해주고 그림이 대신 늙어가게 해달라는 자신의 기도가 이미 효험이 있지 않았는가? 하지만 그 누가, 자신의 앞에 어떤 삶이 마련되어 있다는 것을 알면서, 언제고 젊게 지낼 수 있는 행운을 마다할 수 있겠는가? 그것이 제아무리 위험하다 할지라도, 그로 인해 그 어떤 무서운 결과가 오게 될지 모른다 하더라도, 어떻게 그 행운을 없애달라고 기도할 수 있겠는가?

게다가 그는 초상화의 변신을 바라보면서 또 다른 진정한 즐거움을 만끽할 수 있을 것이다. 초상화 덕분에 그는 자신이라는 존재의 저 깊은 밑바닥까지 파내려 갈 수 있으리라. 이 초상화는 그에게 가장 신비스러운 마법의 거울이 되리라. 이 초상화는 그의 육신뿐 아니라 그의 영혼도 드러내 보여주리라. 그리고 마침내 인생의 황혼기가 되어 이 초상화의 얼굴이 핏기가 가신, 백묵처럼 창백한 가면이 되었을 때도, 자기 자신은, 살과 뼈로 이루어진 자신은, 젊음의 신선함을 그대로 간직하고 있으리라. 그렇다면 이 그림의 운명 따위야 무슨 상관이란 말인가? 그 자신은 변치 않고 고스란히 있을 수 있다는 것, 그보다 중요한 게 어디 있겠는가?

그는 얼굴에 미소를 띠고 다시 그림을 가리개로 가렸다.

한 시간 뒤 그는 오페라 극장에 헨리와 함께 앉아 있었다.

제9장

다음 날 아침, 도리언이 식사를 하고 있을 때 바질 홀워드가 심각한 표정으로 나타났다.

"이제야 만났군, 도리언. 어젯밤에 왔었는데 오페라에 갔다고 하더군. 그럴 리가 없다고 생각했지. 어디 갔는지 제대로 말해 놓지 그랬나? 또 다른 일이 생기는 건 아닌지 얼마나 걱정했는지 아나? 신문을 읽고 우연히 사고 소식을 알게 되었네. 그런데 어디 갔었나? 혹시 그 아가씨 어머니를 만나러 간 것 아닌가? 하나뿐인 자식을 잃었으니 그 심정이 오죽하겠어? 그래, 그 아가씨 어머니가 뭐라고 하던가?"

"바질, 그걸 내가 어떻게 알아요?" 도리언이 고급 잔에 담긴 엷은 노란빛 포도주를 두어 모금 맛보면서 따분하다는 표정으로 말했다. "정말로 오페라에 갔었어요. 거기서 해리의 누이인 그웬돌린 부인을 처음 만났어요. 정말 아름다운 분이더군요. 패티의 노래도 아주 좋았고요. 자, 우리 그런 끔찍한 이야기는 하지 않기로 해요. 해리 말마따나 어떤 일이 벌어졌더라도 아무도 그 이야기를 안 하면 그 일은 일어나지 않은 것과 마찬가지예요. 하나만 더 말씀드릴게요. 시빌은 무남독녀가 아니에요. 남동생이 하나 있어요. 선원이라는 것 같던데……. 자, 그런 이야기 말고 당신 이야기나 해요. 요즘 어떤 그림을 그리세요?"

"오페라에 갔었다고? 시빌 베인이 그녀의 초라한 분장실에서 죽어 누워 있는데 오페라에 갔었단 말인가? 패티의 노래가 좋았다고? 그래, 그런 소리가 나와?"

도리언이 고함을 쳤다.

"그만해요, 바질! 제발 그 이야기는 그만해요. 지나간 일은 지나간 일이잖아요. 과거는 과거일 뿐이라고요."

"아니, 어제 일을 과거라고 말하는 건가? 도리언, 무섭네, 무서워! 자네는 완전히 딴 사람이야. 자네는 겉보기에는 모델을 서기 위해 매일 내 화실에 와서 서 있던 멋진 청년 그대로야. 그때는 정말 소박하고, 자연스럽고, 상냥하고, 때 묻지 않은 젊은이였어. 그런데 지금 말하는 걸 보니 완전히 심장도 없고 동정심도 없는 사람이 되었군. 이게 다 해리 때문이야. 안 봐도 알아."

청년은 얼굴을 붉히더니 창가로 걸어갔다. 그는 잠시 햇볕을 받고 있는 꽃이 핀 정원을 바라보았다.

"그래요. 해리에게 배운 게 많지요. 헛된 것만 가르쳐준 당신에게서 보다 배운 게 훨씬 많아요."

"도리언, 그래서 내가 지금 벌을 받고 있는 거지."

"무슨 말씀을 하시는 거예요? 도대체 원하시는 게 뭐예요?"

"내가 초상화를 그려주었던 그 도리언 그레이를 원한다네."

"너무 늦었어요. 어제 내가 시빌이 자살했다는 소식을 들었을 때……."

도리언의 입에서 그 말이 나오자 바질이 소리쳤다.

"뭐라고? 자살?"

"그래요. 설마 단순한 사고라고 생각하신 건 아니겠죠?"

"오, 무서운 일이야."

홀워드는 두 손으로 얼굴을 감싸 쥐었다.

"무서울 거 하나도 없어요. 보통 배우들은 실제로는 평범하기 그지없는 삶을 살고 있어요. 뭐 그냥 좋은 남편에 충실한 아내로 살 뿐 특별한 이야깃거리도 없는 사람들이지요. 하지만 시빌은 달라요. 그녀는 그녀의 삶 자체를 비극적인 역할로 만든 거예요. 그녀가 마지막 날 밤 형편없는 연기를 한 건, 사랑의 실체를 깨달았기 때문이에요. 그것이 무(無)라는 것을 깨닫자, 그녀는 줄리엣이 그랬던 것처럼 죽음을 택한 거예요. 그녀의 종말에는 그 어떤 비장한 무용성(無用性)같은 것이 있어요. 마치 순교자의 죽음처럼 위대한 그 무엇이 있어요.

물론 내가 괴로워하지 않은 건 아니에요. 당신이 어제 5시 반이나 5시 45분쯤 내게 왔다면, 눈물을 흘리고 있는 내 모습을 볼 수 있었을 거예요. 정말이에요. 나는 정말 슬펐어요.

하지만 이제 그 고통은 지나가버렸어요. 그래서 당신이 해주는 말이 터무니없어 보이는 거예요. 바질, 당신은 나를 위로해주려고 왔지요? 아름다운 마음씨예요. 그런데 이미 위로를 받은 나를 보고 화를 내고 있어요. 그러니 진정으로 나를 위로해주고 싶다면, 내가 그 일을 완전히 잊을 수 있도록 나를 도와주거나, 그 일을 순전히 미적인 관점에서만 볼 수 있게 해주어야 하는 것 아닌가요? 바질, 더 이상 내게 으르렁거리지 말아요. 지금 그대로의 내가 바로 나예요. 그 이상은 더 말할 게 없어요."

바질은 더 이상 이 젊은이를 비난하고 싶은 마음이 없었다. 이 친구가 지금 내보이는 냉담함도 결국은 금세 지나갈 일시적 기분에 지나지 않는가? 이 친구에게는 그 이상의 선량함과 고

결함이 있지 않은가?

그는 씁쓰레한 미소를 지으며 그에게 말했다.

"알았네, 도리언. 내, 그 일에 대해서는 입도 뻥끗 안 하겠네. 다만 그 사건에 자네 이름이 오르내리지 않기만 바랄 뿐이야."

"참, 바질, 시빌 모습 좀 제게 그려줄 수 있어요? 그녀 모습을 간직하고 싶어요. 그 일을 잊으려는 건, 오히려 그녀를 잊고 싶지 않아서예요."

"자네를 위해서라면 노력해보겠네. 하지만 그러려면 자네가 내 옆에 와서 앉아 있어야 해. 자네가 옆에 없으면 좋은 그림을 그릴 수 없어."

그러자 도리언이 뒤로 물러서며 소리쳤다.

"안 돼요! 절대로 안 돼요! 다시는 절대로 당신 앞이건 옆이건 앉지 않을 거예요."

화가는 그를 빤히 쳐다보며 큰 소리로 말했다.

"왜 그러는 거야? 내가 그려준 초상화가 마음에 안 들어서 그러는 거야? 도리언, 그런데 내 생애 최고의 걸작을 왜 저렇게 가려놓은 거야? 빨리 저 가리개를 치워."

"빛이 너무 강해서 그림이 상할까봐 그랬어요."

"이 방이 빛이 강해? 그림 걸어놓기에 딱 좋은 곳인데…….

어디, 그림 좀 봐야겠어."

홀워드는 그림이 걸려 있는 쪽으로 발걸음을 옮겼다. 그러자 도리언이 외마디 비명을 지르며 그를 가로 막고 그림 앞에 섰다. 그는 하얗게 질려 있었다.

"바질, 부탁이에요. 제발 보지 마세요. 당신이 보면 안 돼요."

"아니, 내가 그린 그림을 내가 못 보다니! 도대체 왜 그러는 거야? 농담이겠지?"

"바질, 당신이 그림을 본다면 앞으로 당신과는 말 한 마디 하지 않겠어요. 내 명예를 걸고 말하는 거예요. 이유는 설명할 수 없어요."

그러자 바질이 창가로 걸음을 옮기며 싸늘하게 말했다.

"자네가 정 그렇게 우긴다면 보지 않겠어. 하지만 내 작품을 내가 볼 수 없다니 정말 우스운 일이로군. 게다가 이 작품을 가을에 파리에서 전시할 계획인데……."

도리언 그레이가 소리를 질렀다.

"전시를 해요! 내 초상화를!"

도리언에게 공포가 밀려왔다. 사람들이 자신의 비밀을 다 볼 수 있게 될 것 아닌가! 사람들이 자신의 비밀을 다 알고 입을 쩍 벌릴 것 아닌가! 절대로 그렇게 해서는 안 된다! 무슨 일이 있어도 막아야 한다.

도리언은 손으로 이마의 땀을 닦았다.

"한 달 전만 해도 절대로 전시 안 하겠다고 했잖아요. 그런데 왜 마음이 바뀐 거예요? 바질, 우리는 둘 다 마음속에 무슨 비밀을 갖고 있는 것 같아요. 당신이 그 비밀을 내게 알려주면 나도 내 비밀을 알려줄게요. 왜 그림을 전시하지 않으려고 했던 거예요? 그리고 왜 마음이 바뀐 거예요?"

바질은 괴로운 표정을 지었다. 그는 도리언에게 자리에 앉으라고 한 후 자신도 그 옆에 앉아 입을 열었다.

"그 전에 한 가지만 묻겠네. 자네 초상화에서 이상한 점을 보지 못했나? 평소에는 별로 눈에 띄지 않다가 어느 순간 눈에 확 들어오는 게 없었나?"

도리언이 깜짝 놀란 표정을 짓자 바질이 말을 이었다.

"봤군. 하지만 내 이야기를 다 듣고 나서 말하게. 자, 내가 왜 그 그림을 전시하지 않으려 했는지 말해주겠네. 자네를 보자마자 나는 자네를 숭배했네. 자네는 내게 이상형이었지. 자네의 초상화를 그리면서 나는 내 이상을 형상화한다는 기분이 들었네. 그림의 선과 색 하나하나가 나의 비밀을 드러낸다는 느낌이 들었던 거지. 자네의 초상화는 내 우상이었네. 그 그림을 전시하게 되면 내가 우상을 숭배한다는 것을 사람들이 알게 될까 봐 두려웠던 거야. 그리고 그림 속에 나 자신을 너무 많이 집어넣은 건 아닌지 두려웠던 거야. 해리에게 그 말을 했더니 나를 비웃더군. 어쨌든 자기 자신을 어떻게 남들 앞에 훤히 드러낼 수 있겠나? 그래서 전시를 않겠다고 했던 거야.

그런데 막상 그림을 자네에게 주고 나니 생각이 바뀌었어. 나는 잘생긴 자네라는 실물 이상의 것을 그 그림에 집어넣었다고 생각했었지. 하지만 창조 행위를 할 때의 열정이 작품 속에 그대로 들어 있다는 내 생각이 잘못되었다는 것을 깨달았어. 예술 작품은 예술가를 드러내기도 하지만 그 이상으로 완벽하게 예술가를 감춘다는 것을 알게 된 거야. 내가 그 작품을 통해 내 내면이 고스란히 까발려지리라고 생각했던 게 착각이었음을 깨달은 거지. 그래서 그 작품을 파리에서 내 대표작으로 전시하려고 마음먹은 거라네. 하지만 자네가 거부하리라고는 생각도 못했네. 그렇다면 그 그림을 전시하지 않겠네."

도리언 그레이는 길게 한숨을 내쉬었다. 그리고 그의 입가에 미소가 떠올랐다. 이제 위험에서 벗어난 것이다.

그러자 바질이 말했다.

"그런데 참으로 뜻밖이라네. 자네도 그림을 바라보면서 그걸 알아볼 수 있다고 했지? 진짜 알아본 건가?"

"네, 뭔가…… 뭔가를 알아보았어요."

"어디, 지금 다시 그림을 좀 볼 수 없을까?"

도리언이 고개를 저었다.

"다시는 그건 요구하지 마세요. 정말 안 돼요."

"언젠가 보여주겠지?"

"절대로 안 돼요."

"그래, 자네가 옳을지도 몰라. 그럼 잘 있게, 도리언. 자네는 모를 거야. 내가 자네에게 얼마나 힘든 고백을 한 것인지."

"그래요? 내게 도대체 무슨 고백을 한 거지요? 나를 좀 지나치게 찬양했었다는 이야기한 거 아니에요? 그건 칭찬도 아닌데."

"물론 칭찬이라고 여기면 안 되지. 그건 고백이었어."

"고백치고는 어딘가 모자란 고백이네요."

"왜, 뭐 달리 기대한 게 있었나? 내 그림에서 내 영혼 말고 뭔가 다른 걸 본 게 아닌가?"

"절대로 아니에요. 왜 그런 걸 묻지요? 어쨌든 이제 저를 숭배하니 어쩌니 하는 이야기는 말아요. 우리는 친구이고 언제까지나 그럴 거예요."

"물론이지. 자네와 해리처럼." 화가가 쓸쓸한 어조로 말했다.

그러자 도리언이 웃음을 터뜨리며 말했다.

"해리요? 해리는 낮에는 믿을 수 없는 이야기만 하고, 밤에는 있을 법 하지도 않은 이야기만 하면서 지내지요. 저도 그렇게 살고 싶긴 해요. 하지만 내가 어려울 때 해리에게 달려가고 싶은 생각은 없어요. 바질, 당신에게 달려갈 거예요."

바질은 도리언과 작별 인사를 나눈 후 떠났다.

도리언은 종을 울려 하인을 불렀다. 어떻게 해서라도 초상화를 감추어야만 했다. 그 누구건 다시 그 그림을 보자고 하는 일은 있어선 안 되었다. 친구들이 드나들 수 있는 방에 그 그림을 그대로 놔두다니! 정말 미친 짓이었다.

제10장

하인이 들어오자 도리언은 그를 유심히 살펴보았다. 혹시 저 친구가 가리개 뒤를 몰래 바라보고 싶은 호기심을 느끼고 있는 것은 아닐까? 하지만 하인은 무심한 표정을 짓고 있었다. 도리언은 안심했지만 그래도 조심은 해야겠다고 생각했다.

도리언은 가정부를 불러달라고 빅터에게 말한 다음, 액자 장수에게 일꾼을 데리고 바로 와달라고 전하라고 지시했다.

빅터가 방을 나간 지 얼마 후 주름투성이 손에 낡은 실장갑을 낀 가정부 히프 부인이 서재로 들어섰다. 도리언은 그녀에게 꼭대기 층 공부방 열쇠를 달라고 했다. 그러자 그녀가 놀란 눈으로 말했다.

"저 옛날 공부방 말씀이신가요? 어휴, 거긴 먼지투성이예요.

5년이나 쓰지 않은 방이잖아요. 주인 어르신께서 돌아가신 이후로는 한 번도 열어보지 않았어요. 제가 우선 청소와 정리부터 할게요."

도리언은 가정부 입에서 할아버지 이야기가 나오자 얼굴을 찌푸렸다. 할아버지에 대해서는 끔찍한 기억밖에 남아 있지 않았기 때문이었다.

"그럴 필요 없어요. 그냥 열쇠만 줘요."

그녀가 열쇠를 주고 밖으로 나가자 그는 방 안을 둘러보았다. 그러자 한쪽 구석의 소파를 덮고 있는, 금색 실로 자수를 놓은 묵직한 비단 덮개가 그의 눈에 들어왔다. 그의 할아버지가 볼로냐 근처 어느 수도원에서 구했다는, 17세기 후반 베네치아산 제품이었다. 아마, 망자의 관을 덮는 덮개로 쓰였으리라. 그것이 이제부터는 육신이 썩어가는 것보다 더 흉측하게 썩어가는 그 어떤 것을 감추는 데 쓰이리라. 벌레가 시신을 좀먹어 가듯, 도리언 그레이의 죄가 화폭에 그려진 이미지를 좀먹어 가리라. 그리하여 그 아름다움을 훼손시키고, 그 우아함을 사라지게 하리라. 그럼에도 불구하고 그 초상은 계속, 아니 영원히 살아 있으리라.

그는 소파를 덮고 있던 그 덮개를 들어 올려 초상화 쪽으로 향했다. 그는 초상화를 가리고 있던 가리개를 걷어 올리고 초상화를 바라보았다. 초상화는 더 흉하게 변했을까? 그가 보기에는 그렇지 않았다. 금발 머리, 푸른 눈, 장미처럼 붉은 입술 모두 그대로였다. 하지만 그 표정이 변해 있었다. 무서울 정도로 잔혹했다. 저 화폭 깊은 곳에서 그의 영혼이 그를 마주하고 있었으며 그에게 판단을 강요하고 있었다. 그는 겁에 질려 손에 들고 있던 덮개로 그림을 덮어버렸다. 그때 문 두드리는 소리가 들리더니 하인이 들어왔다.

도리언은 하인을 다시 내보내기 위해 테이블에 앉아 헨리 경에게 짧은 편지를 썼다. 읽을 만한 책을 한 권 보내달라는 것과, 오늘 저녁 8시 15분 약속을 잊지 말라는 내용이었다. 그는 답을 받아오라며 그 편지를 하인에게 주었다.

이윽고 오들리 스트리트의 유명한 액자 장수 허버드 씨가 조수 한 명과 함께 방으로 들어섰다. 도리언과 허버드 씨는 인사를 나눈 후, 모두 힘을 합해 그림을 꼭대기 층으로 옮겼다. 공들여 만든 액자라서 그림은 대단히 무거웠다. 이윽고 도리언은 사람들의 눈을 피해 자신의 영혼을 숨겨둘 방문을 열었다. 작고한 켈소 경이 어린 손자를 위해 마련해 둔 비교적 큰 방이었다. 켈소 경은 그 무엇보다 어린 손자가 자기 엄마를 닮았다는 이유로 그를 미워했고 거리를 두었으며, 이 방은 그런 목적을 이루기에 안성맞춤이었다.

도리언이 보기에 방은 별로 변한 것 같지 않았다. 책장에는 그가 학교 다닐 때 사용하던 교재들이 여전히 꽂혀 있었고, 벽에는 플랑드르산 타피스리가 여전히 걸려 있었다. 그것들을 보고 있자니, 외로웠던 유년기의 기억이 되살아났다. 티끌 한 점 없이 순수했던 그 시절! 그곳은 그에게 성소(聖所)였다. 그는 그 성소에 자신의 무시무시한 초상화를 감추어둔다는 생각에 섬뜩한 느낌이 들지 않을 수 없었다.

하지만 이 집에서 사람들의 눈을 피해 초상화를 안전하게 보관할 곳은 그곳밖에 없었다. 그가 열쇠를 고이 간직하고 있는 한, 아무도 그곳에 들어올 수 없었다. 그림 속의 그의 얼굴은 자주색 덮개 아래에서 점점 더 흉해지고 부풀어 오를 것이며, 추악해질 것이다. 하지만 무슨 상관이랴! 아무도 보지 않을 것이고 자신도 보지 않을 텐데. 자신의 영혼이 흉측하게 타락해 가는 모습을 굳이 확인할 이유가 어디 있는가? 자신은 젊음을 유지할 것이고 그것으로 충분하지 않은가? 비록 그림 속의 그는 추해지더라도, 자신의 심성은 더욱 고와지고 섬세해질 수도 있을 것 아닌가?

도리언은 그림을 어디 걸어놓을까, 라고 묻는 하버드 씨에게 그냥 벽에 기대어 놓으라고 말했다. 하버드 씨와 일꾼은 그림을 방 안의 한쪽 벽에 기대어 놓고는 밖으로 나갔다. 계단을 내려간 그들의 발소리가 멀어지는 것을 확인한 도리언은 밖으로 나와 문을 잠그고 열쇠를 호주머니에 넣었다. 그제야 그는 안심이 되었다. 이제 이 무시무시한 그림을 아무도 볼 수 없게 되리라.

그는 서재로 내려왔다. 이미 5시가 넘어 있었다. 탁자 위에는 차가 이미 준비되어 있었고, 그 옆에는 헨리 경이 보낸 쪽지와 책 한 권이 놓여 있었다.

도리언은 차를 마시며 헨리가 보낸 쪽지를 펼쳐서 읽어보았다. 석간신문과 함께 한 번 읽어볼 만한 책을 보낸다는 것, 8시 15분에 클럽에서 보자는 내용이었다. 그는 천천히 신문을 펼쳐 보았다. 5면에 빨간 색연필로 표시해 놓은 것이 눈에 띄었다. 주목해서 읽으라고 헨리가 표시해 놓은 것이 틀림없었다.

어느 여배우 사건 수사

오늘 아침 지역 검시관인 댄비 씨 주도하에, 최근 홀번의 로열 극장의 젊은 여배우 시빌 베인의 시신에 대한 검시

심리가 진행되었다. 사건은 과실에 의한 사망으로 결론 났다.

도리언은 신문을 찢어버리더니 그것들을 방구석으로 던졌다. 이런 신문을 자신에게 보낸 헨리에게 화가 났다. 더욱이 빨간 펜으로 표시까지 하다니! 빅터가 눈여겨보았을 수도 있지 않은가!

그는 헨리가 보낸 노란 책으로 눈길을 돌렸다. 그는 책을 집어 들고 안락의자에 앉아 읽기 시작했다. 처음에는 무심코 책장을 넘겼지만 그는 이내 책에 빠져들었다. 그가 이제까지 읽은 책들 중에서 가장 기묘한 책이었다. 그는 이 세상 온갖 죄악들이 기묘한 복장을 한 채 피리 소리에 맞추어 자기 앞을 지나가는 것 같은 느낌을 받았다. 그가 막연히 꿈속에서 보았던 것들이 이 책 속에 구현된 것 같았고, 그가 감히 상상도 하지 못했던 것들이 서서히 그 모습을 드러내는 것 같았다.

등장인물이 딱 한 사람인, 줄거리 없는 소설이었다. 소설은 지나간 시대의 정열과 유행을 그대로 뒤따르는 데 온통 몰입해 있는, 오늘날의 어떤 파리 청년에 대한 심리 보고서 같았다. 마치 보석으로 장식한 것처럼 문체는 생생하면서도 모호했고, 은

어와 고어가 풍부하게 사용되고 있었다. 소설을 읽다보니, 중세 어느 성자의 신비스런 체험을 읽고 있는 것인지, 아니면 현대 어느 죄인의 우울한 자기 고백을 읽고 있는 것인지 모호했다. 책을 읽어가면서 도리언은 차츰차츰 혼란스러운 꿈에 빠져들었고, 날이 저물어 가고 있다는 것도 의식하지 못하게 되었다.

그는 시간이 가는 줄도 모르고 계속 책을 읽었다. 하인이 여러 차례 들어와 약속 시간에 늦겠다고 말했지만 그는 최후의 순간까지 책을 손에서 놓지 않았다.

그가 클럽에 도착했을 때는 거의 9시가 다 되어 있었다. 대기실에 헨리 혼자 지루한 표정으로 앉아 있었다.

"늦어서 미안해요, 해리." 도리언이 큰 소리로 말했다.

"하지만 당신에게도 잘못이 있어요. 손에서 놓기 싫은 책을 보내주었으니까요."

"자네가 그 책을 좋아할 줄 알았어." 헨리가 자리에서 일어나며 말했다.

"좋은 줄은 모르겠어요. 하지만 뭔가 끌어들이는 게 있어요. 둘 사이엔 미묘한 차이가 있지요."

"오, 자네가 그런 걸 다 알아?" 헨리가 말을 받았다.

이윽고 둘은 식당으로 향했다.

제11장

몇 년 동안 도리언 그레이는 그 책의 영향에서 벗어나지 못했다. 아니, 그보다는 차라리 그 책에서 벗어나려 애쓰지 않았다고 하는 게 옳을 것이다. 그는 그 책 초판본 확대판 아홉 권을 파리에 주문했다. 그리고 그 책을 각각 다른 색종이로 포장했다. 그러고는 매번 바뀌는 자신의 그날그날 기분에 따라 책을 골라서 읽었다. 소설의 주인공인 놀라운 파리 청년은 마치 도리언 그레이 자신의 모습을 미리 그려놓은 것 같았으며, 소설은 마치 그의 삶을 미리 글로 적어놓은 것 같았다.

그러나 어떤 면에서는 도리언 그레이가 그 청년보다 행운아였다. 소설 속의 주인공은 세월이 흐름에 따라 사람들의 눈길을 끌던 아름다움을 상실한다. 그 청년이 거울이나 반질반질한 금속 표면, 혹은 잔잔한 수면에 비친 자신의 얼굴을 보고 겪었던 고통을 도리언 그레이는 겪지 않아도 되었다. 작품의 후반부에서 그 청년은 스스로 자신을 남보다 높이 평가할 수 있게 해주었던 장점과 특질들을 잃게 되면서 비탄에 젖는다. 다소 과장되었다고 할 만큼 비극적으로 묘사된 그 부분을 읽으면서 도리언은 기뻐했고, 그 기쁨 속에는 일종의 잔인함이 함께 하고 있었다. 모든 기쁨과 쾌락에는 잔인함이 어느 정도 들어 있는 것이 아닌가!

그가 기뻐한 이유는 간단했다. 바질 홀워드를 매료시켰고, 많은 사람들을 찬탄하게 만든 그의 아름다움이 결코 그를 저버리지 않을 것 같았기 때문이었다. 그는 젊음의 매력을 고스란히 지니고 있었다. 그가 사람들 앞에 나타나는 것만으로도 사람들은 이미 퇴색해버린 자신 내부의 순진무구함을 되찾았다. 천박하고 상스러운 이야기를 나누고 있던 사람들도 그가 나타나면 그 이야기를 멈추어야만 했다. 사람들은 누구나, 이토록 우아하고 매력적인 존재가 무슨 기적의 힘으로 세월의 때, 그토록 비열하고 감각적인 세월의 때로부터 벗겨날 수 있었는지 의아하게 생각했다.

도리언은 가끔 집을 장기간 비울 때가 있었다. 집으로 돌아오면 도리언은 반드시 위층 방으로 올라갔다. 그리고 거울을 들고 초상화 앞에 서서, 사악하게 늙어가는 캔버스의 얼굴과 거울에 비친 자신의 아름다운 모습—살과 피로 이루어진 그 모습—을 번갈아 보며 비교했다. 그는 극단적으로 대조적인 두 모습을 보며 쾌감에 젖었고, 이어서 자신의 아름다움에 더욱더 사로잡혔으며 자신의 영혼의 타락에 대해 점점 더 흥미를 갖기 시작했다. 그는 이상하기 짝이 없는 희열을 느끼며, 초상화의 주름진 이마와 일그러진 입술, 그 흉측한 세월의 낙인들을 꼼꼼히 바라보았다. 그러면서 그는 죄의 표지와 세월의 흔적 중에서 어느 것이 더 끔찍할지 궁금해했다.

물론 그는 자신의 생각과 행동 때문에 몰락해 가는 자신의 영혼에 대해 안타까워하기도 했다. 더욱이 순전히 자신의 이기심 때문에 그 영혼이 파멸해가는 것이었기에, 폐부를 찌르는 아픔을 느끼기도 했다. 하지만 그런 때는 아주 드물었으며, 설사 있었다 하더라도 순간적일 뿐이었다. 오히려 그에게는 삶에 대한 호기심이, 헨리 경이 일깨워준 그 호기심이, 충족되면 충족될수록 더욱더 커져갔다.

그러면서 그는 사교계에서 지켜야 할 것들을 충실하게 지키려 애썼다. 겨울이면 한 달에 두 번, 사교 시즌에는 매주 수요

일 그는 멋진 자신의 집을 세상에 공개했다. 그는 가장 유명한 음악가들을 불러 손님들에게 멋진 음악을 선사하게 했다. 그가 헨리의 도움을 받아 개최한 만찬은 세심하게 선별한 손님들, 그들의 적절한 자리 배치, 멋진 테이블 장식으로 유명했다.

도리언에게 삶이란 모든 예술 가운데 으뜸이며 가장 위대한 예술이었다. 다른 모든 것들은 삶의 전주(前奏)일 뿐이었다. 그는 유행과 댄디즘에서 더할 나위 없는 매력을 느꼈다. 유행이란 야릇한 것이 어느 한순간 보편성을 획득한 것이며, 댄디즘이란 미의 절대적 근대성을 강요하는 것을 말한다. 그의 옷차림이나 그의 행동거지는 무도회장과 클럽을 드나드는 젊은이들에게 권위가 있었으며, 그들은 도리언을 따라 하려고 애를 썼다. 심지어 도저히 모방할 수 없는 그의 우아함까지도 모방하려고 애를 썼다.

하지만 도리언은 그들이 보내는 찬사를 그다지 대수롭지 않게 여기고 있었다. 그는 내심으로 넥타이는 어떻게 매야 하는지, 보석은 어떻게 치장해야 하는지, 지팡이는 어떻게 다루어야 하는지 등, 우아함의 표준이 되는 것 이상을 원하고 있었다. 그에게는 나름대로 합당한 철학과 확고한 원칙을 지닌 새로운 삶의 양식을 창조하겠다는 야심이 있었으며, 감각에 정신을 부여

하는 것이 바로 그것을 실현하는 방법이라고 믿고 있었다.

도리언 그레이가 보기에, 아직까지 감각의 진정한 속성은 제대로 이해되지 않고 있었다. 그는 인간이 아직 미개한 상태로 남아 있는 것은 감각을 굴복시켜서 억지로 없애려 했기 때문이라고 생각했다. 그는 감각을 새로운 신비의 길로 이끌어 미에 대한 본능이 모든 것들의 주요 기준이 되게 해야 한다고 생각했다. 그것이 그가 생각하는 감각의 정신화의 길이었다. 그는 헨리가 말한 대로 진정으로 새로운 쾌락주의의 길을 그가 열 수 있으리라 생각했다. 그 쾌락주의는 감각이 지닌 섬세함을 죽이는 세속적인 방탕과도 거리를 두어야 하며, 감각 자체를 죽이는 금욕주의와는 결별해야 했다. 그가 생각한 쾌락주의는 감각의 발산이 아니라 순간적 집중을 의미했다.

도리언 그레이는 인생의 유일한 목적은 바로 그런 새로운 세상을 창조하는 것이라고 생각했다. 그래서 그는 언제나 새로운 것, 낯선 것을 찾았고, 그 과정에서 자신의 본성에 반하는 색다른 생각에 잠기기도 했고, 그에 매료되기도 했다.

그가 로마 가톨릭교도가 되리라는 소문이 돈 것은 그 때문이었다. 그는 경건한 성찬식의 원시적 순수성에, 감각의 징후를 철저히 배제하는 태도에 매료되기도 했다. 그는 차가운 대리석

보도에 무릎을 꿇고 예복을 입은 경건한 사제의 모습을 지켜보기도 했으며, 고백실을 경탄의 눈으로 바라보기도 했다. 하지만 그는 가톨릭의 신조나 제도를 그대로 받아들이지는 않았다. 그것은 자신의 지적 성장을 멈추게 하는 일이라는 생각에서였다.

그는 한때 신비주의에 경도되기도 했다. 평범한 것을 낯설게 만드는 힘에 끌렸기 때문이었다. 또한 그는 독일에서 유행중인 다윈주의 운동의 유물론적 원리에 마음이 쏠리기도 했다. 사고나 감정의 원인을 뇌 속의 세포나 신경 조직에서 찾는다는 것이 그에게는 너무 흥미가 있었다. 우리의 정신 상태가 전적으로 우리 생체 조직이 건강한지 아닌지에 달려 있다는 이론이 너무 새롭고 재미있었다. 하지만 그 모든 매력적인 이론들이나 원칙들도, 삶 그 자체와 비교하면 아무것도 아니었다. 아무리 대단한 이론이라도 구체적인 행동이나 실험과 유리된 것이라면 아무 쓸모가 없다는 것이 그의 생각이었다.

그는 어떤 때는 음악에 푹 빠지기도 했다. 그는 집시들, 흑인들, 인도 사람들을 불러서 별난 콘서트를 열기도 했다. 원시적인 음악이 보여주는 불협화음이 그의 마음을 흔들어 놓았으며 그럴 때면 우아한 슈베르트의 음악, 아름다운 슬픔이 깃든 쇼팽의 곡들, 힘이 넘치는 웅장한 하모니를 자랑하는 베토벤의 음악들도 귀에 들어오지 않았다. 그는 온 세계의 진귀한 악기란 악기들은 모두 수집하기도 했다. 하지만 그것들이 그의 관심을 끈 것은 그것들이 낯설고 진귀하다는 이유에서였을 뿐이다. 그런 음악들에 익숙해지자 그는 곧 싫증이 났고, 다시 헨리와 함께 오페라에 드나들었다.

그는 한때 보석에 관심을 갖고 연구에 몰두한 적도 있었으며, 자수에 관심을 두기도 했다. 그가 그런 것들에 관심을 기울이는 동안 그의 집은 온갖 보석과 진귀한 동서양 자수 작품들로 넘쳐 났다. 그것들은 그에게 일종의 망각의 수단이었다. 그것들은 시도 때도 없이 그에게 밀려오는 두려움을 잊거나 피할 수 있게 해주었다. 그는 그런 것들을 수집하면서 그가 어린 시절 대부분을 보냈던 그 어둡고 쓸쓸한 방, 자신의 삶이 얼마나 타락했는지를 보여주는 무서운 초상화가 놓여 있는 그 방을 잊을 수 있었다. 하지만 결코 자신은 그 초상화와 떨어질 수 없었다. 게다가 아무리 단단하게 잠가 놓았다 할지라도 그가 없는 동안 누가 그 방에 들어갈까봐 늘 두려웠다.

그의 나이가 스물다섯을 넘어서면서 그에게 매료되는 사람들도 늘었지만 그를 불신하는 사람들도 늘어갔다. 그와 함께 그에 관한 좋지 않은 소문들도 떠돌았다. 그가 화이트채플의 외진 곳에 있는 술집에서 선원들과 함께 술을 마시다가 싸웠다는 소문도 나돌았고, 도둑이나 위조 화폐 주조범들과 어울린다는 소문도 돌았으며 부끄러운 곳에 드나든다는 소문도 돌았다. 게다가 그는 자주 어디론가 자취를 감추었다. 그러다가 그가 다시 나타나면 사람들은 그로부터 눈을 돌린 채, 경멸의 눈초리를 하고 소곤거리곤 했다.

그러나 그는 그 모든 것을 무시했다. 그리고 그는 여전히 솔직담백하고 상냥한 태도, 소년 같은 매력적인 미소로 그들을 대했다. 사람들은 그가 내보이는 젊음의 우아함이 충분히 그런 경멸적 태도에 대한 응수가 될 수 있다고 생각했다. 하지만 어느 정도 세월이 흐르자, 그와 친했던 사람들이 차츰차츰 그에게서 멀어지는 일이 벌어졌으며, 그를 좋아했던 여자들, 그의 편에 서서 관습에 용감히 저항했던 여자들이 그가 방으로 들어서면 수치심이나 두려움에 얼굴이 하얗게 질리는 일도 자주 있다는 소문까지 들렸다.

하지만 그런 추문들은 어찌 보면 그의 그 위험천만한 매력을 더욱 돋보이게 만드는지도 몰랐다. 그리고 그의 재산들이 그를 보호해주었다. 사교계에서는 부자이면서 매력적인 그들의 멤

버를 절대로 앞장서서 비난하거나 깎아내리지 않는다. 사교계 사람들은 본능적으로 겉에 보이는 품행이 도덕보다 중요하다고 느낀다. 그들의 눈으로는 고결한 인품을 갖춘 사람보다 훌륭한 요리장을 둔 사람이 훨씬 더 존경할 만한 사람이다. 어떤 사람이 사람들에게 내놓은 식사와 술이 형편없었다면, 그 사람이 남에게 본보기가 될 만한 미덕을 갖추고 있다고 말한다고 해서 그 사람에 대한 평가가 별로 달라지지 않는다. 언젠가 헨리가 도리언 그레이에게 아주 적절하게 그 점을 지적한 바 있다.

"아무리 기본적인 덕목들을 완벽하게 보여주더라도, 앙트레 요리가 식은 채 나왔다면, 그 덕목들은 아무런 가치도 없는 것들이야."

제12장

그날은 도리언의 서른여덟 번째 생일 전날인 11월 9일이었다.

그는 헨리의 집에서 저녁을 든 후, 밤 11시경이 되어 집으로 돌아오고 있었다. 밤공기가 차갑고 안개가 깔려 있어서 그는 외투로 몸을 완전히 감싸고 있었다. 그가 그로스브너 광장과 사우스 오들리 스트리트가 만나는 모퉁이를 지날 때, 한 남자가 안개 속에서 그의 곁을 스쳐 지나갔다. 도리언은 그의 모습을 알아보았다. 바질 홀워드였다. 홀워드가 자신을 못 알아본 것 같아 그는 못 본 척 빠른 걸음으로 집을 향해 걸음을 재촉했다.

하지만 홀워드가 결국 그를 알아본 모양이었다. 도리언의 뒤로 그가 따라오는 발자국 소리가 들렸고 잠시 후 홀워드가 도리언의 팔을 잡았다.

"정말 다행이로군, 도리언! 자네 서재에서 몇 시간이나 자네를 기다렸어. 하지만 자네 하인이 졸려 못 견뎌 하는 것 같아 집을 나왔다네. 나는 오늘 야간열차로 파리로 떠난다네. 그 전에 자네를 꼭 만나고 싶었어."

"아니, 오늘 파리로 떠난다고요? 정말 오랫동안 못 만났는데……. 곧 돌아오시겠지요?"

"아니. 반 년 동안 영국을 떠나 있을 거야. 파리에 화실을 하나 구해 놓았어. 구상하고 있는 그림을 완성할 때까지 있을 작정이야. 하지만 내가 자네를 만나려고 한 건 내 이야기 때문이 아니야. 자네 집이 가까우니 잠깐 들어가서 이야기 좀 할까?"

"무슨 심각한 이야기는 아니지요? 요즘 뭐 심각한 일도 없잖아요. 하긴 그런 게 있어서도 안 되지요."

그들은 함께 도리언의 집으로 들어간 후 서재로 올라갔다. 화가는 들고 있던 가방을 방 한구석에 놓고, 외투를 벗어 그 위에 놓더니 입을 열었다.

"자, 이제 진지하게 이야기를 나누어보세. 그렇게 인상 쓰지 말고. 이야기를 꺼내기 어렵게 만드는군."

"대체 무슨 이야기인데요?" 도리언이 소파에 몸을 던지며 퉁명스럽게 말했다.

"자네 이야기야. 한 삼십 분이면 되네. 기차가 12시 반에 떠나니까 시간은 충분해."

"30분씩이나!" 도리언이 한숨을 내쉬며 중얼거렸다. 그는 담배에 불을 붙였다.

"자네에게 그 정도는 요구할 수 있잖은가? 그것도 자네를 위해서 하는 이야기들이야. 런던에서 떠도는 자네에 대한 끔찍한 비난들을 자네에게 알려줘야만 한다고 생각해서야."

"알고 싶지 않아요. 다른 사람들에 관한 스캔들이라면 솔깃할 수도 있지만 나에 관한 거라면 흥미 없어요. 뭐, 새삼스러울 것도 없잖아요."

"아니야, 새겨들어야 해. 자기를 존중하는 신사란 평판에 귀를 기울여야 해. 자네도 알겠지만 나는 그런 소문들을 믿지 않아. 최소한, 자네를 직접 보면 믿을 수가 없어. 죄를 지으면 그 사람 얼굴에 드러나기 마련이야. 그건 감출 수가 없어. 그런데 자네 얼굴은 한없이 맑고 순진무구한 데다, 변함없이 젊어. 그러니 자네에 관한 그 험담들을 믿을 수 없는 건 당연해.

하지만 자네가 도통 내 화실에 오지를 않으니 나는 요즘 자네를 거의 못 만나고 있어. 그러니 사람들이 내 앞에서 자네 험담을 하면 내가 할 말이 없어.

자, 묻겠네. 왜 많은 사람들이 자네 초대를 받아들이지 않고, 자네를 초대하지도 않는 거지? 자네, 스태블리 경과 친구였지? 지난주에 그 사람과 만나서 저녁을 함께 했네. 그런데 우연히 자네 이야기가 나온 거야. 그 사람이 말하더군. 정숙한 아가씨나 부인들을 자네와 만나게 해서는 안 된다는 거야. 내가 그게 무슨 소리냐고 묻자 모든 사람들에게 들리도록 아주 큰 소리로 공공연히 말하더군. 자네가 그녀들을 망쳐놓는다는 거야. 내가 얼마나 불쾌했는지 알겠지?

도리언, 왜 자네 주변 사람들이 자네를 자주 만나면 망가지는 거지? 저, 근위대에 있던 그 불쌍한 젊은이는 자살했다며? 자네와 친했던 걸로 아는데……. 오명을 뒤집어쓴 채 영국을 떠나야 했던 헨리 애쉬턴 경은 어떻게 된 건가? 자네와 죽고 못 사는 관계였잖아. 애드리언 싱글턴은 왜 그렇게 비참한 종말을 맞은 거지? 켄트 경의 외아들은 어찌 된 거고, 퍼스의 젊은 공작은 어찌 된 건가? 다 자네와 친하게 지내던 사람들이었는데, 하나같이 비참하게 되었으니……."

"그만해요. 바질! 잘 알지도 못하면서……. 내가 그 사람들을 다 망쳐놓았다고요? 내가 무슨 선생이나 감시인인가요? 이 나라 사람들이 잘 알지도 못하는 남들 이야기를 아무렇게나 지어서 떠드는 거 잘 알잖아요. 다, 자기도 그런 상류층에 속하고 싶어서 그러는 거고, 아니면 그런 척하고 싶어서 그러는 거예요. 누가 명성이 좀 있거나 똑똑하기만 해도 사람들은 그를 깎아내리지 못해 안달한다는 거, 당신도 잘 알잖아요. 바질, 당신은 우리가 위선의 나라에 살고 있다는 걸 모르시나요?"

"도리언, 영국 사회에 문제가 많다는 건 나도 잘 알아. 하지만 핵심은 그게 아니야. 한 사람이 어떤 사람이냐 하는 건 그가 친구들에게 어떤 영향을 주느냐 하는 걸로 판단할 수 있는 법이야. 그런데 자네와 가까이 지낸 친구들은 모두 명예도 잃고 품위도 잃었어. 자네가 그들에게 쾌락을 향한 미친 듯한 욕망을 심어준 탓이지. 자네가 그들을 나락으로 끌고 간 거지. 그래, 자네는 지금처럼 그렇게 미소만 짓고 있을 수 있겠지! 하지만 그보다 더 심각한 것들도 있어. 자네가 해리와 떨어질 수 없는 사이라는 건 내가 잘 알아. 그러니 바로 그 이유 때문이라도 그 친구 누이의 이름을 더럽히면 안 되는 거야."

"바질, 조심해요. 지금 너무 멀리 가고 있어요!"

"아니야, 이 말은 해야겠어. 자네도 들어야 해. 자네가 처음 그웬돌린 부인을 만났을 때, 그녀 신상 주변에는 아무런 추문도 없었어. 그런데 지금, 그녀와 함께 마차를 타고 하이드 파크에 갈 정숙한 부인이 단 한 명이라도 있는 줄 아나? 그 부인의 자식들까지도 이제 그녀와 함께 살 수 없게 되었어. 또 이런 이야기도 들었어. 자네가 새벽녘에 무슨 이상한 곳에서 기어 나온다거나, 구역질 나는 곳에 신분을 숨기고 드나든다는 이야기. 다른 이야기들도 많지만 참겠어. 그게 다 사실인가? 도대체 어떻게 그런 일이 있을 수 있지?

도리언, 자네에게 설교 좀 해야겠어. 자네, 나쁜 친구들과는 더는 어울리지 말게. 그렇게 어깨나 으쓱하지 말고. 자네에게는 사람들을 사로잡는 힘이 있어. 그 힘을 나쁜 데 쓰지 말고 좋은 데 쓰게. 사람들은 자네가 건드리는 건 모두 더럽힌다고, 자네가 어느 집 문턱을 넘어서기만 해도 그 집은 치욕에 휩싸이게 된다고들 말하고 있어. 사실인지는 모르겠지만 사람들은 그렇다고 단언하고 있어. 증거가 정말 명백한 것들도 있지만 난 그럴 리가 없다고 항변했었어. 도리언, 내가 자네를 제대로 알고 있기나 한 건가? 자네 영혼을 보기 전에는 그렇다는 말을 못하겠어."

"내 영혼을 본다고요?" 도리언이 새파랗게 질린 얼굴로 자리에서 벌떡 일어나며 소리쳤다.

그러자 바질이 한숨을 내쉬며 말했다.

"그러고 싶어. 꼭 그러고 싶어. 하지만 하느님만 그러실 수 있을 뿐이니……."

도리언의 입가에 쓰디쓴 비웃음이 떠올랐다. 그는 탁자 위에 놓인 등불을 잡으며 소리쳤다.

"오늘 밤, 당장 보시지요. 자, 가요. 어쨌든 당신 작품인데 당신이 못 볼 것도 없지요. 그런 다음, 그러고 싶다면 당신이 본 것을 온 천지에 퍼뜨리세요. 아무도 당신을 믿지 않을걸요. 자, 오세요. 타락에 대해 이러쿵저러쿵 할 말 다 했지요? 자, 가서 직접 두 눈으로 확인하세요."

그가 내뱉는 말 한 마디 한 마디마다 광기어린 자만심이 넘쳐흐르고 있었다. 자신의 비밀을 남과 나눈다는 생각에, 자신을 치욕에 빠뜨린 죄를 지은 화가가 자기가 그린 그림에 대한 끔찍한 추억에 빠져 남은 생을 갉아먹듯 살아가게 되리라는 생각에, 그는 소름끼칠 정도의 쾌감을 느꼈다.

"그래요, 내 영혼을 보여줄 겁니다. 당신 말대로 오로지 하느님만 보실 수 있는 것을 당신 스스로 보게 될 겁니다."

바질은 놀라서 뒤로 물러섰다. 그의 얼굴에 연민의 표정이 나타났다. 도대체 내가 무슨 권리로 도리언 그레이의 삶에 참견을 한단 말인가? 만일 도리언이, 사람들이 비난하는 잘못의

10분의 1이라도 저질렀다면 도리언 자신이 얼마나 괴로울 것인가!

"자, 가요, 바질. 나랑 함께 위로 올라가요. 저기 매일매일의 내 삶의 기록이 있어요. 일기 같은 거지요. 어서 따라오세요. 보여드릴게요. 어서 나를 따라오세요."

"정, 그렇다면 따라가겠네. 기차를 놓칠지도 모르지. 하지만 상관없어. 내일 떠나면 되니까. 하지만 나보고 오늘 밤 그 일기를 읽으라고 하지는 말아주었으면 좋겠어. 내가 원하는 건 자네의 대답이야. 자네가 모든 것이 사실이 아니라고 한 마디만 한다면, 난 자네를 믿을 거야."

"저 위에 답변이 준비되어 있습니다. 그 답변을 읽는 데 그리 오래 걸리지도 않을 겁니다."

제13장

서재를 나온 도리언은 계단을 오르기 시작했고, 바질이 그 뒤를 따랐다. 등잔불이 벽과 계단에 환상적인 그림자를 그려냈다. 불어오는 바람에 창문이 흔들렸다.

층계 꼭대기에 이르자 도리언이 열쇠를 구멍에 꽂으며 낮은 목소리로 물었다.

"아직도 알고 싶어요?"

"그래."

"좋아요. 당신은 제 삶에 대해 모든 것을 알 권리가 있는 유일한 사람이니까요. 당신은 당신이 생각하는 것 이상으로 큰 역할을 했어요."

그는 문을 열고 안으로 들어갔다. 서늘한 공기가 그들에게

휙 불어왔고, 램프불이 흔들리며 짙은 오렌지빛 불꽃이 확 피어올랐다. 도리언은 몸을 떨었다.

"문을 좀 닫아주세요." 도리언이 램프를 탁자 위에 놓으며 말했다.

홀워드는 놀란 눈으로 주변을 둘러보았다. 여러 해 동안 사용하지 않은 방 같았다. 색이 바랜 플랑드르 타피스리, 커튼에 가려진 그림 하나, 낡은 이탈리아산 상자, 책이 거의 꽂혀 있지 않은 서가, 먼지가 수북이 쌓인 탁자와 안락의자가 가구의 전부였다.

"바질, 정말로 사람의 영혼은 하느님만 들여다 볼 수 있다고 믿으세요? 그렇다면 이 가리개를 걷어 올려보시지요. 내 영혼을 보여줄 테니."

"도리언, 자네는 미쳤어. 아니면 무슨 연기를 하는 건지." 홀워드가 얼굴을 찌푸리며 나지막이 말했다.

"안 하실래요? 그러면 내가 직접 걷어 드리지요."

그 말과 함께 도리언은 막대기에 걸려 있던 커튼을 잡아채서 바닥에 팽개쳤다.

희미한 불빛에 그림 속 얼굴이 드러났다. 자신을 향해 씩 웃는 것 같은 그 추악한 얼굴을 보자 바질은 비명을 지르며 뒤로 물러섰다. 맙소사! 이게 도리언 그레이의 초상이란 말인가! 분명 도리언 그레이였다. 옅어진 머리칼에는 금빛이 남아 있었으며, 육감적인 입술은 아직 진홍색을 띠고 있었고, 흐릿해진 눈은 아직 푸른빛을 발하고 있었으며 코와 목덜미의 선은 우아함을 간직하고 있었다.

그런데 이 그림은? 이 그림은 도대체 누구의 그림이란 말인가? 하지만 붓놀림은 분명 자신의 것이었다. 그는 램프를 들어 화폭 가까이 댔다. 분명 그의 서명이 있었다.

그렇다면 도대체 왜 이 그림이 변했단 말인가? 그는 고개를 돌려 뭔가에 홀린 듯한 눈으로 도리언 그레이를 바라보았다.

도리언은 벽난로에 기댄 채, 멋진 연극을 관람하는 듯한 표정을 지으며 홀워드의 모습을 지켜보고 있었다. 그는 코트에 꽂혀 있던 꽃을 빼내어 냄새를 맡았다. 아니, 냄새를 맡는 척하는 것 같았다.

"아니, 이게 다 무슨 우스운 장난이란 말인가!" 홀워드가 스스로도 깜짝 놀랄 만큼 날카로운 목소리로 물었다.

도리언 그레이가 손으로 꽃을 짓이기며 입을 열었다.

"오래전 내가 아직 소년이었을 때, 당신이 나를 당신의 친구에게 소개해주었지요. 그는 젊음의 경이로움을 향해 내 눈을 뜨게 해주었어요. 그리고 당신은 내게 아름다움의 기적을 보여주는 이 초상화를 그려주었고요. 그리고 바로 그 순간 내가 소원을 빌었지요. 당신은 아마 기도라고 할지 모르겠지만…….”

“기억 나! 그래, 기억 나! 하지만 그건 불가능한 일이야. 이 방은 눅눅해. 곰팡이 때문에 저렇게 된 거야. 어쩌면 내가 쓴 물감 중에 독성 광물이 섞였는지도 몰라. 다시 말하지만 이건 불가능한 일이야.”

“오호라, 뭐가 불가능하다는 거지요?”

“이게 내 작품이라고 믿을 수 없어.”

“당신의 이상이라고 하지 않았나요?”

“내 이상 속에는 추한 것은 없었어. 그런데 이 얼굴은 반인반수의 얼굴이야.”

“그게 바로 내 영혼의 얼굴입니다.”

“하지만 이건 악마의 눈을 하고 있잖아.”

“우리들은 누구나 자신 안에 천국과 지옥을 지니고 있지요.” 도리언 그레이가 절망의 몸짓으로 말했다.

“맙소사! 이게 사실이라면, 이게 살아오면서 자네가 저지른 죄의 결과라면, 자네는 자네를 비난하는 사람들이 상상하는 것 이상으로 타락한 게 틀림없어.”

그 말과 함께 그는 램프를 들고 초상화를 유심히 살펴보았다. 겉은 변한 게 아무것도 없었다. 그 역겨운 변모는 분명 내부 어디에선가 이루어진 것이었다.

그는 탁자 옆 의자에 털썩 주저앉으며 얼굴을 두 손으로 감쌌다.

"오오, 도리언, 이건 하느님이 내리신 교훈이야! 오오, 얼마나 무서운 교훈인가!"

도리언은 아무런 대꾸도 하지 않았다. 바질의 귀에 도리언이 창가에서 흐느끼는 소리가 들렸다. 바질 홀워드가 중얼거리듯 말을 이었다.

"기도하게, 도리언. 기도해. 어렸을 때 우리가 배운 게 있잖아. '우리를 시험에 들게 하지 마소서. 우리의 죄를 사해주시고, 우리를 악에서 구하소서.' 우리 같이 기도하세. 자네의 오만한 기도에도 응답을 해주셨으니, 회개의 기도도 들어주실 걸세. 내가 자네를 숭배했지. 그 벌을 받은 거야. 자네도 스스로를 너무 숭배했어. 우리 둘 다 벌을 받아 마땅해."

도리언은 천천히 그를 향해 고개를 돌렸다. 그는 눈물을 흘리고 있었다.

"바질, 너무 늦었어요." 그가 더듬더듬 말했다.

"너무 늦는 법은 없어. 자, 함께 무릎을 꿇고 기도하세. 성경에 이런 구절이 있지 않은가? '너희들의 죄가 진홍빛으로 붉을 때, 내가 그것을 눈처럼 희게 하리라.'"

"그런 것들은 이제 내게 아무 의미도 없어요."

"그런 말 말게. 자네는 이제 살면서 충분히 죄를 지은 거야. 맙소사! 저 저주받은 것이 우리를 내려다보고 있는 게 보이나?"

도리언은 흘끗 그림을 바라보았다. 순간 바질을 향한 억제할 수 없는 분노가 치솟았다. 마치 캔버스의 얼굴이 그의 귀에 대고 속삭이는 것 같았다. 막다른 골목에 몰린 야생 짐승의 본능이 갑자기 그의 내부에서 용솟음치고 있었다. 그리고 의자에 앉아 있는 남자를 향해, 이제까지 그 누구를 향해서도 느껴본 적이 없는 혐오감을 느꼈다.

그는 정신없이 사방을 둘러보았다. 그러자 저 안쪽 함 위에 무언가 번쩍이는 것이 눈에 띄었다. 그의 시선이 그것에 멈추었다. 며칠 전 줄을 끊으려고 가지고 올라왔다가 그냥 놔둔 것이었다. 그는 천천히 그 칼이 놓인 곳으로 움직였다. 그는 홀워드 곁을 스쳐 지나갔다. 그는 칼을 들고 홀워드를 향해 돌아섰다. 순간 홀워드가 자리에서 일어서려는 듯 의자에서 몸을 움직였다. 그러자 도리언은 홀워드에게 달려들어 칼로 그의 귀

뒤쪽 대동맥을 찔렀다. 그리고 그의 머리를 탁자 위에 처박으며 계속 찔러댔다.

쭉 뻗은 바질의 팔이 발작적으로 흔들리며 손가락들이 허공에서 기괴한 모양으로 흔들거렸다. 도리언은 두 번 더 찔렀다. 홀워드는 더 이상 꼼짝하지 않았다. 핏방울이 뚝뚝 떨어지는 소리 외에는 아무 소리도 들리지 않았다. 그는 문을 열고 복도로 나갔다. 쥐 죽은 듯 조용했다. 그는 다시 방으로 들어온 후 문을 열쇠로 잠갔다.

순식간에 벌어진 일이었다. 도리언은 이상하게도 차분한 기분을 느꼈다. 그는 창가로 가서 창문을 열고 발코니로 나갔다. 안개는 바람에 실려 날아갔고, 황금빛 눈이 총총히 박힌 공작새 꼬리 같은 하늘이 펼쳐져 있었다. 아래를 내려다보니 경찰이 순찰을 돌고 있었다. 길을 지나는 이륜마차가 잠시 진홍색 점처럼 모퉁이에서 반짝이는 것 같더니 이내 사라졌다.

그는 방 안으로 들어가 창문을 닫았다. 그리고 문으로 가서 열쇠로 문을 열었다. 그는 죽어 있는 사람에게 눈길 하나 주지 않았다. 이 상황을 절대로 현실로 여기면 안 된다. 이 모든 것은 다 비밀이다. 그에게 숙명적인 초상화를 그려준 친구가 그의 삶에서 나가버렸다. 그것으로 충분했다.

그때 램프를 두고 왔음을 깨달았다. 하인이 램프가 없어진 걸 알고 그에게 물어볼지도 모른다. 그는 잠시 망설인 후 다시 안으로 들어가 탁자 옆으로 갔다. 이번에는 죽은 사람을 보지 않을 수 없었다. 전혀 미동도 않는 시체! 무서우리만치 창백하고 기다란 손! 마치 밀랍으로 만든 마네킹 같았다.

그는 밖으로 나와 문을 잠근 후 계단을 내려갔다. 계단이 삐걱거리는 소리를 냈다. 마치 고통에 찬 비명을 지르는 것 같았다. 그는 여러 번 주변을 살폈다. 아무도 없고 오로지 정적뿐이었다.

그는 서재로 들어가 바질의 가방과 코트를 판자로 위장해 놓은 비밀 옷장에 넣었다. 그가 남들에게 보이기 싫은 진기한 가면 등을 보관하는 곳이었다. 나중에 태워버리면 될 일이었다. 그는 시계를 보았다. 2시 20분 전이었다.

그는 앉아서 생각하기 시작했다. 불리한 증거가 뭐 없을까? 바질 홀워드가 그의 집을 나선 것이 11시였다. 그리고 그가 다시 이 집에 돌아온 것을 본 사람은 아무도 없다. 그는 그대로 파리로 간 것이다. 그의 실종에 대한 의혹은 그가 돌아오기로 한 여섯 달 후에야 제기될 것이다. 여섯 달! 그래, 여섯 달이면 충분하다. 그보다 훨씬 전에 모든 증거를 다 없앨 수 있으리라.

그에게 문득 한 가지 생각이 떠올랐다. 그는 코트를 입고 모자를 쓴 다음 현관으로 갔다. 바깥 보도에서 경찰관이 천천히 무거운 발걸음을 옮기는 소리가 들렸다. 그는 잠시 꼼짝 않고 기다렸다.

얼마 후 그는 빗장을 열고 밖으로 살짝 빠져 나간 뒤, 아주 조심스럽게 문을 닫았다. 그런 후 그는 벨을 눌렀다. 얼마 후 하인 프란시스가 하품을 하며 나타났다. 그는 전에 있던 하인 빅터가 결혼하자 그 뒤에 들어온 하인이었다.

"깨워서 미안해, 프란시스. 열쇠를 잃어버렸어. 지금 몇 시지?"

"2시 10분인뎁쇼." 하인이 시계를 바라보더니 눈을 껌뻑이며 말했다.

"2시 10분! 너무 늦었군. 하지만 내일 아침 9시에 나 좀 깨워 줘. 할 일이 있어."

"알겠습니다, 나리."

"오늘 저녁, 누구 찾아온 사람 없었어?"

"있었습죠. 홀워드 씨가 오셔서 11시까지 기다리시다가 기차 시간이 됐다며 가셨습니다. 파리에서 편지를 쓰시겠다고 하셨습니다."

"그래? 만났으면 좋았을걸. 암튼 내일 아침 9시에 깨우는 거

잊지 마."

집 안으로 들어온 도리언 그레이는 서재로 갔다. 그리고 약 15분 동안 생각에 잠겨 방 안을 거닐었다. 그러더니 그는 서가에서 명사 방명록을 꺼내 뒤지기 시작했다.

'앨런 캠벨, 메이페어, 허트포드 스트리트 152번지.'

그래, 그가 그에게 필요한 바로 그 사람이었다.

제14장

다음 날 아침 9시가 되자, 하인 프란시스가 쟁반에 초콜릿 음료를 받쳐 들고 방으로 들어와 덧창을 열었다. 도리언은 오른쪽으로 몸을 돌리고, 한 손을 뺨 아래 받친 채 얌전히 잠들어 있었다. 마치 놀다가 지쳐 잠든 아이, 혹은 늦게까지 공부하다 지쳐 잠든 아이 같았다.

그가 눈을 떴을 때 마치 달콤한 꿈에서 깨어난 것처럼 입가에는 엷은 미소가 흐르고 있었다. 하지만 그는 꿈을 꾼 것이 아니었다. 그 어떤 즐겁거나 고통스러운 이미지도 그의 잠을 방해하지 않았다. 젊은이란 까닭도 없이 미소를 짓는다. 그것이 젊음이 지닌 최고의 매력이다. 그는 팔꿈치로 턱을 괸 채, 초콜릿을 마셨다. 11월의 여린 햇빛이 방으로 넘쳐 들어왔고, 맑은 하늘이 사방에 온기를 퍼뜨리고 있었다. 마치 5월의 아침 같았다.

하지만 차츰차츰 지난밤의 사건, 그 피비린내 나는 사건에 대한 기억들이 젊은이의 기억 속에서 하나씩 하나씩 너무나 또렷하게 되살아났다. 그러자 그는 몸이 떨렸다. 그리고 한순간, 바질 홀워드를 칼로 찌르게 만들었던 그 이상한 증오심이 다시 밀려와 그를 차가운 분노에 휩싸이게 만들었다. 죽은 자가 지금, 아침 햇살을 받으며 아직 저 위에 있었다. 참을 수 없는 일이었다. 그런 끔찍한 광경은 어둠에나 어울리지, 밝은 낮에는 어울리지 않는 것이었다.

그 광경에 너무 사로잡히게 되면 건강을 잃거나 미쳐버리고 말리라! 무슨 수를 써서라도 그 기억을 치워버리고, 그 자신이 그 기억에 의해 목을 졸리기 전에 그 기억의 목을 졸라 버려야만 한다!

시계가 9시 반을 알리자 도리언 그레이는 손으로 이마를 훔친 다음, 곧바로 자리에서 일어났다. 그는 어느 때보다 공들여 옷을 입었다. 그는 넥타이와 넥타이핀을 고르는 데 오랜 시간을 썼으며 반지도 여러 차례 뺐다가 꼈다가 반복했다. 그는 하나하나 음식을 음미하며 아침 식사를 했고, 하인이 가져온 편지들을 읽었다. 어떤 편지들은 그를 짜증나게 했다.

'참으로 여자들의 기억력이란! 정말 끔찍해.' 헨리가 했던 말을 생각하며 그는 중얼거렸다.

그는 커피를 마신 다음, 하인을 기다리라고 한 후 두 통의 편지를 썼다. 편지를 다 쓴 후 그는 한 통을 주머니에 넣고 다른 한 통을 하인에게 건네주며 말했다.

"프란시스, 이 편지를 허트포드 스트리트 152번지에 전해주고 오게. 캠벨 씨가 런던에 없다면, 어디로 가면 만날 수 있는지 알려 달라고 하게."

프란시스가 밖으로 나가자 그는 점점 더 초조해졌다. 그는 눈에 띄는 대로 아무 책이나 집어 들고 읽기 시작했다. 어딘가 몰두해야만 안정이 될 것 같았다. 하지만 그는 곧 책을 손에서 떨어뜨렸다. 초조함에 이어 공포감이 밀려왔던 것이다. 앨런 캠벨이 영국에 없다면 어쩌지? 그가 와달라고 했는데 아무 응답도 없다면? 그러면 정말 어떻게 하지? 흘러가는 순간순간이 엄청난 무게를 지니고 그를 압박했다.

5년 전에 그와 앨런 캠벨은 절친한 친구 사이였다. 거의 붙어 다니다시피 하던 두 젊은이의 관계가 어느 순간 끝났고, 지금은 사교계에서 그냥 스치고 지나가는 사이가 되었다. 도리언이 그에게 미소를 보내도 그는 아무 응답이 없는 사이였다.

그는 매우 똑똑한 사람이었지만 예술에는 그다지 안목이 없었다. 그가 열정을 바치고 있는 분야는 오로지 과학뿐이었다. 케임브리지 대학에서 그는 자연과학을 전공했고, 최우수 성적으로 졸업했다. 졸업 후에도 그는 자기의 실험실에 처박혀 화학에 푹 빠져 있었다. 그가 의회에 진출하기를 바라고 있던 그의 어머니는 그런 그를 아주 못마땅하게 여겼다.

그는 과학에 열정을 바치고 있었지만, 그에게는 남다른 재주가 한 가지 더 있었다. 바로 음악이었다. 그의 바이올린과 피아노 연주 솜씨는 아마추어의 솜씨를 훨씬 뛰어넘는 것이었다. 그리고 도리언과 그를 맺어준 것은 바로 음악이었다.

둘은 버크셔 부인의 집에서 처음으로 만난 후 음악을 매개로 곧 친해졌다. 이후로 그들은 오페라 극장이나 좋은 음악 연주회 때는 빠짐없이 함께 모습을 드러냈고 그런 진한 우정은 18개월이나 지속되었다.

그런 그들의 사이가 왜 벌어지게 되었는지 사람들은 정확히 알 수 없었다. 다만 그들이 사교계에서 마주치게 되더라도 한마디 말도 나누지 않는다는 사실이, 이어서 도리언 그레이가 참석하는 파티에서는 언제나 캠벨이 먼저 자리를 뜨는 모습이 사람들 눈에 띄기 시작했다. 게다가 캠벨 자신이 그전과 달리 많이 변했다. 눈에 띄게 우울해졌으며 음악도 멀리했고, 사람들이 연주를 부탁해도 한사코 거절했다. 그는 과학 연구에 몰두하느라 연습할 시간이 없었다는 핑계를 댔고 그것은 사실이었다. 그는 실제로 생물학에 심취해 있었고, 그가 행하고 있는 흥미로운 실험에 관한 기사가 과학 잡지에 실리기도 했다.

도리언 그레이가 기다리고 있는 사람은 바로 그 사람이었다. 그는 수시로 벽에 걸린 추시계를 바라보았고, 시간이 흐를수록 안절부절못했다. 마침내 그는 자리에서 일어나 방 안을 서성이기 시작했다. 도저히 견딜 수 없는 기다림의 시간이었다. 일 분, 일 분이 질질 끌며 흘러가는 것 같았고, 시간이 흐를수록 일종의 소리 없는 회오리바람이 그를 어두운 심연 가장자리로 끌고 가는 것만 같았다. 그는 어떤 운명이 자신을 기다리고 있는지 알 수 있었으며 심지어 그것을 바로 자기 눈앞에서 보고 있는 것 같기도 했다.

그는 차갑게 얼어붙은 손으로 불타는 듯한 눈꺼풀을 눌렀다. 마치 두 눈을 동공 속으로 깊이 밀어 넣으려는 것 같았다. 하지만 소용없는 일이었다. 공포를 자양분으로 해서 그의 상상력이 마치 고문이라도 받는 것처럼 이리저리 비틀리고 있었다.

그때였다. 마침내 방문이 열리고 하인이 나타나 말했다.

"캠벨 씨가 오셨습니다, 나리."

안도의 한숨이 그의 입술에서 흘러나왔고 뺨은 본래의 색을 되찾았다.

"들어오시라고 해."

잠시 후, 앨런 캠벨이 나타났다. 준엄한 표정이었으며 얼굴빛이 창백해서 머리칼과 눈썹이 더 짙어 보였다.

"앨런, 정말 고맙네. 이렇게 와주다니!"

"자네 집에는 발걸음도 안 하려고 했었어, 그레이. 하지만 자네 편지를 보니, 생사가 걸린 문제인 것 같아서……."

냉랭하고 딱딱한 말투였고, 도리언을 향한 그의 시선과 함께 도리언에게 한껏 경멸감을 보여주고 있었다. 두 손을 외투 속에 집어넣은 모습이, 마치 도리언이 아무리 그를 반갑게 맞아주더라도 조금도 마음이 흔들리지 않으려고 작정한 것 같았다.

"맞아, 정말 생사가 걸린 문제야. 게다가 한 사람만의 문제가 아니야. 자, 우선 앉게나."

캠벨이 탁자 앞에 앉았고 도리언이 그와 마주 보고 앉았다. 두 사람의 눈이 마주쳤다. 도리언의 눈에는 무한한 연민이 담겨 있었다. 그는 지금부터 그가 하려는 일이 얼마나 끔찍한 일인가를 잘 알고 있었다.

긴장된 침묵이 흘렀다. 이윽고 도리언 그레이가 입을 열기 시작했다. 그는 말 한 마디, 한 마디 할 때마다 그 말의 효과를 알아보려는 듯 친구의 얼굴을 유심히 살펴보았다.

"앨런, 이 집 맨 꼭대기 층에 열쇠로 잠가 놓은 방이 하나 있네. 나 외에는 아무도 들어갈 수 없는 방이야. 지금 그 방 테이블 앞에 죽은 사람이 앉아 있다네. 열 시간 정도 전에 죽었어. 그렇게 놀라지 말게. 나를 그런 눈으로 쳐다보지도 말고. 그 사람이 누구인지, 왜 죽었는지는 자네가 상관할 일이 아니야. 내가 자네에게 원하는 건, 그건……."

"됐네, 그레이! 더 이상 듣고 싶지 않아. 자네가 한 말이 사실인지 아닌지는 아무 관심도 없어. 어떤 값을 치르더라도 자네 일에 끼어들고 싶지 않아. 그 무서운 비밀은 자네나 간직하고 있게. 나는 아무 관심도 없으니……."

"앨런, 이번 경우는 예외야. 이 일에 자네를 끼어들인 것, 정말 가슴 아프게 생각하네. 하지만 자네만이 나를 구해줄 수 있어. 그래서 자네와 이 비밀을 함께 할 수밖에 없게 된 거야. 앨런, 선택의 여지가 없었다네. 자네는 학자이고 온갖 화학 실험을 다 하잖아. 내가 자네에게 부탁하는 건, 저 위에 있는 시체를 파기해서 아무런 흔적도 남지 않게 해달라는 거야. 이 집에 그가 들어오는 걸 본 사람은 아무도 없다네. 게다가 지금쯤 파리에 있어야 할 사람이지. 몇 달 동안은 그가 보이지 않더라도 이상하게 생각할 사람은 아무도 없어. 사람들이 그를 찾을 때쯤이면 자네 덕분에 그가 이곳에 왔었다는 흔적이 말끔히 지워지고 없게 될 거야. 앨런, 그 시체를 변화시켜서, 모든 것이 한 줌의 재로 변하게 해줘. 내가 그 재를 바람에 날려 보낼 테니까."

"도리언, 자네 미쳤군."

"아! 그래, 자네가 나를 도리언이라고 불러주는군!"

"자네 정말 단단히 미쳤어. 내가 자네를 돕기 위해 손가락이라도 까딱할 것처럼 생각한 것도 미친 짓이고, 내게 이런 고백을 한 것도 미친 짓이야. 어쨌든, 이게 도대체 무슨 일이건 상관없어. 난 절대로 관여하지 않을 거야. 아니, 내가 자네 때문에 내 명성을 더럽힐 거라고 생각하나?"

"앨런, 자살이었다네."

"그거 다행이로군. 그런데 누가 자살하게 만들었지? 자네 아닌가?"

"내 부탁을 여전히 거절하는 건가?"

"물론이지. 자네가 어떤 치욕을 당하더라도 난 눈도 깜짝 않을 거야. 자네는 그래도 싸. 아니, 자네 범죄에 끼어들라고 나를 불렀단 말이야? 자네가 사람 심리는 좀 읽는 사람인 줄 알았는데……. 사람 잘못 짚은 거야."

"앨런, 사실을 말해줄게. 실은 살인이야. 내가 그 사람을 죽였어. 그 사람이 나를 얼마나 고통스럽게 했는지 자네가 안다면……."

"맙소사! 살인! 도리언, 자네 정말 거기까지 간 건가? 자네를 고발하지는 않겠네. 그건 내 일이 아니니까. 하지만 결국 체포되고 말걸. 범죄를 저지른 자들은 반드시 어리석은 행동으로 자신의 죄를 드러내기 마련이거든. 어쨌든 나는 아무 상관이 없어."

"그렇지 않아. 자네와 상관이 있다네. 앨런, 내 말을 들어보게. 내가 자네에게 요구하는 건, 그냥 실험실 작업을 해달라는 것뿐이야. 자네는 매일 병원에 가거나 시체 안치소에 가잖아. 그리고 거기서 힘든 일을 하더라도 별로 무서워하거나 끔찍하게 생각하지 않잖아. 머리털 하나 곤두세우지 않고 그냥 재미있는 실험 대상으로만 생각하잖아. 내가 자네에게 부탁하는 건 자네가 흔히 해오던 일을 해달라는 것일 뿐이야. 시체를 파기하는 일은 자네가 늘 해오던 일보다도 훨씬 덜 끔찍한 일일 거야. 피가 뚝뚝 흐르는 몸들도 실험 대상으로 삼아보았을 것 아닌가? 자네, 이 시체가 내게 불리한 유일한 증거라는 것을 생각 좀 해주게. 누군가 그걸 발견한다면 나는 끝장이야. 그리고 자네가 나를 도와주지 않는다면 결국 누군가 발견하게 될 거야."

"나, 자네를 도와주고 싶은 마음이 추호도 없어."

"앨런, 우리들의 우정을 걸고 정말 부탁하네."

"과거 이야기는 하지 마. 과거는 죽었어."

"때로는 사라지지 않고 눌어붙어 앉은 과거도 있는 셈이야. 저 위에 있는 시체도 그래. 자네가 도와주지 않으면 나는 끝장이야. 나는 교수형을 받을 거야. 앨런! 모르겠나? 사람들이 내 목을 매달 거라고!"

"그래 봤자 아무 소용없어. 이따위 이야기는 더 이상 하고 싶지 않아."

"정말 거절할 건가?"

"두말할 필요 없어."

그러자 도리언 그레이의 표정에 연민의 빛이 떠올랐다. 그는 손을 뻗어 종이 한 장을 집더니 그 위에 무언가 쓰기 시작했다. 다 쓴 후 그는 두어 번 읽어본 후, 종이를 접어 자리에서 일어나 캠벨에게 내밀었다. 그리고 그는 천천히 창가로 갔다. 캠벨은 쪽지를 받아 든 후 읽기 시작했다. 그의 얼굴이 점차 창백해지는가 싶더니, 그는 의자 등받이에 쓰러지듯 몸을 기댔다. 그의 얼굴이 두려움에 질려 있었다.

일이 분 정도 침묵이 흐른 뒤, 도리언이 캠벨의 등 뒤로 다가가서 그의 어깨에 손을 얹었다.

"앨런, 정말 미안해. 자네가 내게 선택의 여지가 없도록 만들었어. 내 주머니에는 똑같은 내용을 담은 편지가 들어 있다네. 자네가 나를 도와주지 않는다면 곧바로 부칠 것이고, 그러면 그 결과가 어찌 될지 자네는 잘 알 거야. 그러니 나를 도와주게. 어찌 거절하겠나? 나는 이제까지 자네를 아껴주려고 노력했어. 자네를 구하려 했어. 그런데 자네는 내게 어떻게 대했지? 까칠하고 불쾌하게 대한 데다가, 심지어 나를 공격하기까지 했어. 아무도 내게 감히 그런 사람은 없었는데 말이야. 나도 이제 참을 만큼 참았어. 이제 내가 자네에게 조건을 제시할 차례야."

신음 소리가 캠벨의 입에서 흘러나왔다. 그는 몸을 심하게 떨고 있었다. 벽난로 위에 놓인 시계의 째깍거리는 소리가 마치 한 방울 한 방울 그를 고문하는 것 같았고, 쇠로 된 고리가 이마를 서서히 조여 오는 것 같았다. 그의 어깨에 놓인 도리언의 손이 마치 무거운 납덩어리처럼 그를 내리누르고 있었다.

"자, 결정하게, 앨런."

“난 못해.” 캠벨이 거의 기계적으로 대답했다. 마치 그 몇 마디 말이 효험이라도 있기를 기대하는 것 같았다.

“해야 해. 자네에게는 선택권이 없어. 빠르면 빠를수록 좋아.”

그는 여전히 망설였다. 이윽고 그가 물었다.

“그 방에 불이 있나?”

“석면판으로 된 가스난로가 있어.”

“필요한 물건들을 가지러 연구실에 좀 갔다 와야 해.”

“그건 안 돼. 필요한 것들을 적고 조수 주소를 알려줘. 내가 하인을 보낼 테니.”

앨런이 탁자에 앉아 필요한 물품들을 적어 봉투에 넣고 겉에 조수의 주소를 적었다. 도리언은 벨을 눌러 하인을 불러 쪽지를 전해주며 가능한 한 빨리 갖다오라고 명령했다. 하인이 떠나자 둘은 아무 말 없이 그가 돌아오기를 기다렸다.

약 30분 정도 지났을 때 하인이 돌아왔다. 그는 화학 약품이 들어 있는 커다란 상자와 긴 강철선, 백금으로 만든 줄, 이상한 모양의 강철 집게 등을 들고 방으로 들어섰다. 도리언은 하인에게 난초 공급해주는 사람에게 난초를 보내달라고 심부름을 보내며, 밖에서 저녁을 먹을 테니 다시는 하인을 부를 일이 없을 것이라고 말해두었다.

하인이 밖으로 나가자 둘은 도구 상자를 들고 위층으로 올라갔다. 도리언은 열쇠로 자물쇠를 딴 다음 문을 반쯤 열었다. 바로 그때였다. 햇빛을 받고 있는 초상화가 그의 눈에 들어왔다. 마치 초상화가 그를 노려보는 것 같았다. 초상화 아래는 초상화를 가리고 있던 덮개가 떨어져 있었다. 전날 그 초상화를 가린다는 것을 깜빡하고 그냥 나온 것이었다. 한 번도 해보지 않은 실수였다. 그는 소스라치게 놀라며 뒤로 물러섰다. 아아, 저 화폭의 한 손을 붉게 물들이며 반짝이는 축축한 점이 도대체 무엇이란 말인가! 오, 얼마나 무서운 모습이란 말인가! 그에게는 그 초상화의 모습이, 테이블 위에 쓰러져 있는 말 없는 시체, 얼룩진 양탄자 위에 무거운 그림자를 드리우고 있는 그 시체보다 더 무시무시했다.

그는 한숨을 내쉬고는 재빨리 문을 열고 안으로 들어가 초상화를 덮었다. 그의 뒤를 따라 무거운 상자를 든 캠벨이 안으로 들어섰지만, 초상화는 이미 덮여 있었다.

"이제 그만 나가봐." 머뭇거리고 있는 도리언에게 캠벨이 단호하게 말했다. 안에서 방문을 잠그는 소리가 계단을 내려가는 도리언의 귀에 들렸다.

7시가 훨씬 지나서야 캠벨이 다시 서재로 돌아왔다. 얼굴은 더없이 창백했지만 더없이 차분한 모습이었다.

그가 낮은 목소리로 말했다.

"자, 다 됐어. 자네가 해달라는 대로 했어. 잘 있게. 이제 다시는 만나지 말도록 하지."

"앨런, 자네는 내 목숨을 구해준 거야. 내, 절대로 잊지 않겠네." 도리언이 흡족한 목소리로 말했다.

캠벨이 떠나자마자 그는 공부방으로 올라갔다. 방으로 들어서자 질산 냄새가 온 방을 채우고 있었다. 하지만 아침까지도 테이블 위에 널브러져 있던 것은 사라지고 없었다.

제15장

바로 그날 저녁 8시 30분, 도리언 그레이는 단춧구멍에 파르마 제비꽃을 꽂은 우아한 모습으로 하인들의 안내를 받으며 나버러 부인의 살롱에 들어서고 있었다. 왠지 이마가 좀 떨리고 있는 것 같기도 했고, 가슴이 두근거리기도 했지만 그는 예전과 다름없이 우아하고 늠름한 자세로 허리 굽혀 여주인의 손에 입을 맞추었다. 어쩌면 사람이란 태연한 척할 때 오히려 자연스러운 모습을 보이게 되는 것인지도 모른다.

어쨌든 그날 도리언 그레이의 모습을 본 사람이라면 그가 그토록 무시무시한 악몽을 겪고 난 사람이라고 생각할 사람은 아무도 없었을 것이다. 그토록 섬세한 손이 살인의 칼날을 쥘 리 없었으며 그토록 매력적인 입술에서 신성모독적인 말들이 나

올 리 없었다. 게다가 도리언 자신도 자신이 어떻게 그렇게 차분할 수 있는지 의아해하면서, 자신의 이중적인 모습을 마치 음미하듯 즐기고 있었다.

그 모임은 나버러 부인이 가까운 사람들과 저녁을 들기 위해 마련한 격식을 차리지 않은 모임이었다. 그녀에 대해 헨리는 추한 모습을 이리저리 구해서 한데 모아놓은 것 같다고 했다. 그녀의 남편은 따분하기 그지없는 외교관이었는데, 남편이 죽자 그녀는 남편을 손수 디자인한 대리석 묘비 아래 안장시킨 뒤, 딸들은 돈 많은 늙은이들에게 시집보냈다. 그런 후 그녀는 프랑스 소설과 프랑스 요리, 프랑스식 재치에 푹 빠져 지내고 있었다.

모인 사람들은 정말 따분하기 짝이 없는 사람들이었다. 도리언은 잠시 그곳에 온 것을 후회했다. 하지만 집에 가만히 있을 수는 없었고, 그날 갈 곳은 그곳밖에 없었다.

그때 나버러 부인이 벽난로 위에서 번쩍이고 있는 시계를 바라보며 말했다.

"헨리 워튼이 늦게 오네. 약속을 어기지 않겠다고 철석같이 약속해 놓고서……."

헨리가 온다는 말이 도리언에게 다소 위안이 되었다. 드디어

문이 열리고 그의 듣기 좋은 목소리가 들리자 따분한 기분은 사라져버렸다.

하지만 저녁 식사 때 도리언은 도통 음식을 먹을 수 없었다. 그의 접시에 쉴 새 없이 음식이 놓였지만 그는 손도 대지 않았다. 그 모습을 곁눈질로 보고 있던 헨리가 마침내 그에게 물었다.

"도리언, 오늘 저녁 무슨 일이 있어? 뭔가 안 좋은 얼굴인데……."

그러자 나버러 부인이 대신 끼어들어 대답을 했다.

"누구와 연애 중인가 보지요, 뭐. 내가 질투할까봐 고백도 안 하는 거고……."

그러자 도리언 그레이가 억지로 미소를 지으며 대답했다.

"부인, 저 일주일 내내 사랑 같은 거, 못 해봤는데요."

이어서 나버러 부인이 도리언이 최근에 연애 중이던 페롤 부인 이야기를 꺼냈고, 나버러 부인과 헨리 사이에는 그 여자에 관한 그야말로 쓸데없는 이야기들이 오갔다. 도리언도 여자들과 결혼과 사랑에 관한 헨리의 독설에 가까운 이야기에 가끔 끼어들었다.

헨리가 입가에 미소를 띤 채 도리언에게 물었다.

"이제 좀 어떤가, 도리언? 아까 식사 때 보니 영 불편해 보이던데."

"이제 괜찮아요, 해리. 좀 피곤했나 봐요."

"어젯밤에 자네 정말 멋있었어, 도리언. 그 조그만 공작 부인이 자네에게 푹 빠진 것 같아. 내게 셀비에 갈 생각이라고 말하던데."

"그래요, 20일에 오겠다고 약속했어요."

"그래, 누구누구 오는데? 남편도 온대?"

"네, 멈머스 씨도 온다고 했어요. 그 외에 윌로비 부부, 러그비 경 내외, 이 집 여주인분, 제프리 클러스턴 씨 등이에요. 한마디로 다 오는 거지요. 그로트리언 경도 초대했어요."

"아, 그 사람 아주 좋은 사람이지. 그건 그렇고, 자네 어제 저녁 일찍 떠나던데 어디 간 거야? 11시도 안 돼서 도망갔잖아. 곧장 집으로 갔나?"

도리언은 헨리의 시선을 피하면서 잠시 생각하더니 말했다.

"아뇨, 해리. 새벽 3시가 되어서야 집으로 갔어요."

"그럼 클럽에 갔던 거야?"

"네."

그러나 도리언은 입술을 깨물더니 다시 입을 열었다.

"실은 아니에요. 클럽에 안 갔어요. 그냥 여기저기 거닐었어요. 정확히 어딘지도 잘 모르겠어요……. 그런데 해리, 정말 호기심도 많아요! 모든 사람들이 언제 뭘 했는지 다 알고 싶은 거예요? 나는 내가 했던 일도 잊고 싶은데……. 어쨌든 좋아요. 나는 어제 정확히 2시 30분에 집으로 들어갔어요. 열쇠를 집 안에 두고 나와서, 하인이 내려와서 문을 열어주었어요. 하인에게 물어보세요."

헨리는 어깨를 으쓱하며 말했다.

"이런, 아무렇거나 나와는 상관없어. 하지만 도리언, 분명 자네에게 무슨 일이 있어. 영 기분이 안 좋아 보여. 무슨 일이 있었는지 내게 말해줘."

"걱정 말아요, 해리. 단지 기분이 좀 안 좋고 신경이 좀 예민해진 것뿐이에요. 내일이나 모레 보러 갈게요. 지금은 그냥 집에 가고 싶어요. 부인, 죄송합니다."

"내일 차 마실 시간에 와. 공작 부인도 올 거야."

"될 수 있는 한 가보도록 할게요."

도리언은 대답을 한 후 나버러 부인의 집에서 나왔다. 집으로 돌아오면서 그는 깨끗이 몰아냈다고 생각했던 공포가 다시 엄습하는 것을 느꼈다. 헨리가 무심코 던진 질문들이 다시 그를 당황하게 만들었고, 어느 정도 시간이 지나서야 다시 냉정을 되찾을 수 있었다. 그는 생각했다.

'그래, 위험한 물건들이 아직 고스란히 있어. 그것들을 없애야 해.'

그 물건들 생각만 해도 속이 뒤집힐 지경이었다. 그것들을 없애야만 했다. 그는 마음을 다잡았다. 그는 서재로 들어가서 바질 홀워드의 가방과 외투를 던져 넣은 비밀 옷장을 열었다. 벽난로에는 불길이 타오르고 있었다. 그는 장작을 하나 더 넣었다. 옷과 가죽이 타는 냄새는 정말 지독했다. 모든 것을 다 태우는 데 45분 정도가 걸렸다. 온몸에 기운이 빠지는 것 같았다. 그는 구리 화로에 알제리산 향료들을 넣고 불을 붙인 후, 머스크 향이 섞인 식초로 이마와 손을 닦았다.

그런데 갑자기 그가 몸서리를 쳤다. 그는 이상하게 눈을 빛내면서 아랫입술을 초조하게 깨물었다. 그리고 두 창문 사이에 놓여 있는 캐비닛을 바라보았다. 흑단으로 만든 캐비닛에는 상아와 청금석 무늬가 아로새겨져 있었다. 그는 그 캐비닛을 마치 매혹적이면서 동시에 저주받은 물건인 양, 간절히 원하던 것이면서 동시에 너무 위험한 물건인 양 바라보았다. 그의 숨이 가빠졌고, 거역하기 어려운 욕망이 치솟는 것을 느꼈다. 그는 담배에 불을 붙였다가 곧바로 던져버렸다.

이윽고 그는 의자에서 일어나, 곧장 캐비닛을 향해 걸어갔다. 그는 캐비닛을 열고 자동 장치를 작동시켰다. 그러자 삼각형 서랍 하나가 서서히 열렸다. 그는 서랍 속에 손가락을 넣고 작은 상자를 하나 꺼냈다. 검은 라크 칠을 한, 아주 정교한 중국산 상자였다. 그는 뚜껑을 열었다. 그 안에는 마치 밀랍처럼 반죽이 된 푸른 덩어리가 들어 있었으며, 머리가 어지러울 정도로 짙은 냄새가 났다.

그는 잠시 망설였다. 그는 입술을 비죽거리며 야릇한 웃음을 띠고 있었고, 서재 안이 이루 말할 수 없이 후텁지근했지만 사지를 덜덜 떨고 있었다. 그는 갑자기 뒤로 물러서더니 시계를 보았다. 12시 20분 전이었다. 그는 상자를 다시 제자리에 놓고, 비밀 서랍을 다시 닫고 캐비닛 문을 닫은 후, 서재를 나와 침실로 향했다.

시계가 어두운 밤공기를 가르며 12시를 치자, 도리언 그레이는 평범한 옷차림을 하고 목도리를 두른 채 집에서 살며시 빠져나왔다.

본드 스트리트에서 마차를 발견한 그는 마차를 세운 후 마부에게 낮은 목소리로 주소를 알려주었다.

마부는 고개를 가로저으며 투덜댔다.

"너무 먼뎁쇼."

"1파운드를 주지. 그곳에 빨리 데려다준다면 한 닢 더 주겠어."

"타십쇼. 1시간 내로 모셔다 드리지요."

마부는 말머리를 돌리고, 템스강 방향으로 마차를 빠르게 몰기 시작했다.

제16장

갑자기 내리기 시작한 차가운 빗줄기에 가로등 불빛은 마치 유령처럼 희미한 빛을 내뿜을 뿐이었다. 모자를 푹 눌러쓴 채, 등을 기대고 승합 마차 안에 앉은 도리언 그레이는, 한밤중 더러운 대도시의 광경들을 바라보며 문득문득 헨리가 처음 만났을 때 했던 말을 되씹었다. '감각으로 영혼을 치료하고 영혼으로 감각을 치료한다'는 말이었다. 그렇다, 그것이 바로 비결이었다. 그는 이미 이전에도 그것을 수없이 시도했었고 지금 다시 시도하려는 것이었다. 망각을 돈으로 살 수 있는 아편굴이 있었다. 그곳은 이전의 죄악을 새로운 죄악에 열광하면서 지워버릴 수 있는 저주받은 곳이었다. 그의 꼬임에 앨런 캠벨도 그곳에 몇 번 드나들었고, 그가 앨런을 협박하는 무기로 사용한 것이 바로 그의 그러한 전력(前歷)이었다.

노란 두개골 같은 달이 하늘에 낮게 떠 있었고, 가끔 기이하게 팔을 뻗은 것 같은 모양의 구름이 달을 가렸다. 가로등 불빛이 차츰 뜸해졌고, 길은 점점 더 좁고 어두워졌다. 한 번은 마부가 길을 잘못 들어 1킬로미터를 되돌아와야 했다. 물기를 머금은 안개가 진흙탕 길을 달리는 말과 마차 옆 창을 덮고 있었다.

'감각으로 영혼을 치료한다…….' 과연 감각으로 영혼을 치료할 수 있을까? 순결의 피는 이미 쏟아져버렸는데 그것을 다시 되찾을 수 있을까? 아니다, 속죄의 길은 없다. 오로지 망각의 길만 있을 뿐이다. 도리언 그레이는 무슨 값을 치르더라도 자신의 범죄를 잊고 싶었다. 그 범죄에 대한 기억을, 자신을 문 독사를 짓밟듯 으깨버리고 싶었다.

그들은 황량한 벽돌 공장 곁을 지났다. 지나는 길에 개 짖는 소리가 들렸다. 말이 잠시 파인 길에서 비틀거리는가 싶더니 곧이어 진흙탕을 빠져나와 다시 달리기 시작했다. 그사이 도리언은 헨리의 말을 곱씹고 곱씹으며 자신의 격정을 정당화했다. 그리고 그의 모든 신경세포 마디마디에서 강력한 욕망이 꿈틀거렸다. 그것은 바로 인간의 본능들 중에서 가장 맹렬한 본능이자 욕망, 바로 생(生)을 향한 강렬한 욕망이었다. 그 욕망이 용솟음치자 그에게 이상한 일이 일어났다. 그가 한때 그토록 혐오했던 인생의 추함이 그에게 소중하게 여겨진 것이다. 그렇다! 삶은 추할 수밖에 없다는 것, 바로 그것이 진실이다. 그래서 그는 추한 것을 외면했다. 그러나 생을 향한 강렬한 욕망이 치솟게 되자 바로 그 이유 때문에 추함은 그에게 이제 소중한 것이 되었다. 거친 말다툼, 추한 빈민굴, 방탕한 삶에서 벌어지는 폭력과 비열함 등이, 그 어떤 우아한 예술보다 더 생생하고 실감나게 그에게 다가왔다. 그가 망각을 얻기 위해 필요로 하는 것들이 바로 그런 것들이었다.

마부가 갑자기 어두운 골목길 입구에서 마차를 세웠다.

"여기 맞습니까?"

나지막한 지붕들과 굴뚝 너머로 정박해 있는 배들의 검은 돛이 희미하게 보였다.

도리언은 그런 것 같다고 대답하며 마차에서 내렸다. 그는 1파운드 금화를 마부에게 건넨 후 부두 쪽을 향하여 걸어갔다. 질척거리는 도로는 비에 젖은 방수 외투 같았다.

도리언은 누가 뒤따라오지나 않나 흘끔거리며 왼쪽으로 방향을 잡았다. 약 7~8분 후 그는 황량한 두 공장 사이에 끼어 있는 더럽고 누추한 집에 다다랐다. 2층 창문 하나에 불이 밝혀져 있었다. 그는 노크를 했다.

곧이어 쇠사슬을 푸는 소리가 들리더니 문이 열렸다. 어둠 속에서 어렴풋이 형체만 보이는 자가 그에게 길을 내주기 위해 옆으로 비켜섰고, 그는 그에게 말 한 마디 붙이지 않고 안으로 미끄러져 들어갔다. 그는 복도를 지나 안쪽에 있는 길쭉한 방으로 들어갔다.

전에 싸구려 무도회장으로 쓰이던 것 같은 방이었으며 벽면을 따라 가스 불빛들이 죽 늘어서 있었고, 가스 불빛들과 마주한, 파리 똥들이 덕지덕지 붙은 더러운 거울들이 불빛들을 흉측한 모습으로 되비치고 있었다. 바닥에는 톱밥이 깔려 있었고, 엎지른 술들 때문에 마치 진창처럼 되어 있었다. 석탄 난로 옆에는 말레이 사람들이 쭈그리고 앉아 흰 이를 드러낸 채 골패 노름을 하고 있었고, 한구석 탁자 위에는 뱃사람 한 명이 팔로 머리를 감싼 채 코를 골며 널브러져 있었다. 방 한쪽에는 괴발개발 아무렇게나 칠을 해놓은 카운터가 있었고, 그 앞에 두 여자가 어느 늙은 남자와 희롱을 하며 서 있었다.

도리언이 방 안쪽에 있는 계단을 오르자 어두컴컴한 방이 또 하나 나타났다. 그가 안으로 들어서자 진한 아편 냄새가 코를 찔렀고 그는 코를 벌름거렸다. 방 안에서는 부드러운 노란 머리의 젊은이가 등잔 위로 허리를 구부려 길고 가는 파이프에 불을 붙이고 있었다. 그는 도리언을 보자, 마지못한 듯한 미소를 띠며 도리언에게 인사를 했다.

"애드리언, 자네 여기 있었어?" 도리언이 중얼거리듯 말했다.

"내가 어딜 가겠어요?" 젊은이가 힘없는 목소리로 대답했다. "아무 데도 친구가 없는데요."

"난 자네가 영국을 떠난 줄 알았어."

"아녜요. 달링턴은 더 이상 나를 귀찮게 하지 않을 거예요. 형님이 빚을 다 갚아주었으니까요. 조지는 나하고는 말도 안 해요. 하지만 친구는 아무래도 상관없어요. 이것만 있으면 돼요. 하긴 친구가 너무 많았던 게 탈이라면 탈이지요."

도리언은 얼굴을 찌푸렸다. 그리고 너덜너덜해진 매트리스 위에 누워 있는 불행한 사람들을 죽 둘러보았다. 사지는 뒤틀려 있었고, 입들을 헤 벌리고 있었으며 동공은 멍하니 확장되어 있었다. 그들의 모습이 그를 사로잡았다. 그는 알고 있었다. 그 불행한 자들의 고통들이 지금 어느 천국으로 도피해 있는지, 그들이 어떤 음침한 지옥에서 새로운 기쁨의 비밀을 누리고 있는지. 하지만 그들은 그토록 무시무시한 생각에 사로잡혀 있는 그보다는 나았다. 기억이 마치 무서운 질병처럼 그의 영혼을 갉아먹고 있었으며, 바질 홀워드의 눈길이 그를 뚫어지게 바라보고 있는 것만 같았다.

하지만 애드리언 싱글턴이 있는 그곳에 머물러 있고 싶지 않았다. 그에게는 자기를 아는 사람이 한 명도 없는 곳이 필요했다. 그는 자신에게서조차 달아나고 싶었다.

그가 애드리언에게 말했다.

"난 다른 곳으로 가봐야겠어."

"부두 쪽에 있는 집이요?"

"응."

"조심하세요. 그 미친 여자가 거기 있을 거예요. 여기서는 그 여자를 받아주지 않으니까요."

도리언은 어깨를 으쓱했다.

"나를 사랑하네, 어쩌네 하는 여자보다는 증오하는 여자가 나아. 게다가 거기 물건이 더 좋아. 그 전에 나랑 어디 가서 한 잔 할까? 좀 마시고 싶어."

애드리언은 마지못해 자리에서 일어나더니 도리언을 따라 카운터로 갔다. 너덜너덜한 터번을 쓴 혼혈인이 그들에게 브랜디 한 병과 술 잔 둘을 내놓았다. 두 명의 여자가 재잘거리며 그들에게 다가왔다. 도리언은 그녀들로부터 등을 돌렸다. 그러자 그녀들 중 한 명이 얼굴을 찌푸리며 사나운 웃음을 띠고 말했다.

"흥, 오늘 밤은 거만하시군."

그러자 도리언이 발을 구르며 말했다.

"빌어먹을! 내게 말 걸지 마. 원하는 게 뭐야? 돈? 자, 여기 있어. 이제 더 이상 말 걸지 마."

여자의 멍청한 두 눈에서 잠시 불꽃이 이는 것 같더니 다시 흐릿해졌다. 그녀는 고개를 쳐들더니 탐욕스럽게 카운터 위의 동전들을 긁어모으기 시작했다.

싱글턴이 한숨을 내쉬며 말했다.

"난 그냥 여기 있겠어요. 여기선 행복해요."

"뭐 필요한 거 있으면 곧바로 연락해." 도리언이 잠시 뜸을 들였다가 말했다.

"그럴 수도 있겠지요."

"그럼, 잘 있어."

"잘 가세요."

젊은이는 다시 계단을 올랐고 도리언은 문으로 향했다. 그러자 돈을 긁어모은 여자가 흉측한 웃음을 터뜨리며 소리쳤다.

"여기 악마와 거래한 사람이 나갑니다!"

"이런 나쁜 년! 나를 그 따위로 부르지 마!"

그러자 그녀가 손가락을 꺾으며 외쳤다.

"흥, 그럼 '멋진 왕자님'이라고 불러드릴까?"

그녀 입에서 그 말이 나오자 탁자 위에 널브러져 자고 있던 선원이 튕기듯 몸을 일으키고 주위를 둘러보았다. 홀 문이 닫히는 소리가 그의 귀에 들렸다. 그는 누구를 쫓듯이 밖으로 뛰쳐나갔다.

도리언은 안개비를 맞으며 부두를 따라 걷고 있었다. 애드리언 싱글턴을 만난 것이 그의 마음을 이상하게 흔들었다. 그는 바질 홀워드가 그를 맹렬하게 비난하며 말했듯 저 젊은 친구가 파멸에 빠진 것이 정말로 자기 탓인지 자문해보았다. 하지만 도대체 무슨 상관이란 말인가? 다른 사람의 잘못까지 떠맡기에는 인생은 너무 짧지 않은가? 각자 나름대로의 삶을 살아갈 뿐이고, 각자의 값을 스스로 치러야 하는 것 아닌가? 단 한 가지 안타까운 게 있다면 단 한 번의 잘못의 대가를 너무 자주 치러야 한다는 것뿐이다. 운명의 여신은 인간과 거래하면서 결코 손해를 보는 법이 없다.

도리언은 이런저런 생각을 하며 걸음을 재촉했다. 그가 목적지로 삼고 있는 악명 높은 곳을 향한 지하 통로로 접어드는 순간, 누군가 뒤에서 그를 잡는 것 같았다. 이어서 어떻게 해볼 사이도 없이 누군가 그를 담벼락으로 밀어붙이면서 거센 손길로 그의 목을 움켜잡았다.

그는 미친 듯 저항해서 겨우 목을 조여 오는 손을 떼어낼 수 있었다. 순간 권총이 철컥거리는 소리가 들렸고, 번쩍이는 총신이 눈에 들어왔다. 바로 정면에 작은 키의 다부진 청년이 서 있었다.

도리언이 숨을 헐떡이며 소리쳤다.

"누구냐! 도대체 원하는 게 뭐야!"

"조용히 해." 사내가 말했다. "꼼짝하기만 해도 방아쇠를 당기겠다."

"미쳤군! 내가 뭘 어쨌는데?"

"네가 실비 베인의 목숨을 꺾어 놓았어. 실비 베인은 내 누이야. 나는 그녀가 자살한 걸 알고 있어. 하지만 너 때문에 자살한 걸 난 잘 알아. 난 우리 누나가 널 부르던 이름만 알 뿐이지만 어떻게든 널 죽이려고 결심하고 너를 찾았어. 그런데 우연히 오늘 네 이름을 들었지. 하느님께 네 영혼이나 무사히 해달라고 빌어. 넌 이제 죽은 목숨이야."

도리언 그레이는 겁에 질려 정신이 하나도 없었다. 그는 더

듬거렸다.

"나…… 나…… 나는 당신 누이를 몰라. 그런 이름은 들어본 적도 없어. 당신, 정말 미쳤어."

"털어놓는 게 나을걸. 내가 바로 제임스 베인인 이상, 너는 죽을 수밖에 없어. 자, 빨리 무릎 꿇어! 자, 고백할 때까지 딱 1분을 주겠다. 더 이상은 어림없어! 나는 내일이면 인도로 떠날 거고, 나는 계산을 끝낸 셈이 되는 거지. 자, 딱 1분을 주겠다."

공포에 질린 도리언은 도무지 어찌할 바를 몰랐다. 그때 번뜩 희망의 빛이 그의 머릿속을 스치고 지나갔다.

"잠깐만!" 그가 소리쳤다. "자네 누이가 죽은 지 얼마나 됐지? 어서 말해봐."

선원이 대답했다.

"18년. 하지만 햇수가 무슨 문제야."

그러자 도리언 그레이가 의기양양하게 말했다.

"18년! 18년이라고! 자, 어서 나를 가로등 불빛 아래로 데려가서 내 모습을 보라고!"

제임스 베인은 잠시 망설이더니 도리언을 지하 통로 밖으로 끌어냈다. 비록 흐릿한 가로등 불빛이었지만 그 남자는 자신이 무슨 실수를 했는지 금세 알아차릴 수 있었다. 그가 죽이려고 했던 남자는 갓 피어난 신선한 청년의 얼굴, 한 점 얼룩 없는 순수한 얼굴을 하고 있었던 것이다. 겨우 스무 살이 되었을까 말까, 그가 누이 곁을 떠났을 때의 누이와 비슷한 연배였던 것이다. 아무리 보아도 이 소년이 죄인일 수는 없었다.

그는 도리언을 붙잡았던 손을 풀고 뒤로 물러섰다.

"오, 맙소사! 내가 자네를 죽일 뻔했어."

도리언 그레이는 길게 숨을 내쉬었다. 그리고 엄중한 어조로 말했다.

"이봐요. 당신은 하마터면 무서운 범죄를 저지를 뻔했어요. 좋은 교훈이 되었을 겁니다. 당신 자신이 심판관이 되면 안 되는 거예요."

그러자 제임스 베인이 중얼거리듯 말했다.

"정말 미안합니다. 우연히 들은 이름 하나로 잘못을 저지를 뻔했습니다."

도리언 그레이는 제임스 베인에게 총 따위는 치우고 집으로나 가보라고 당당하게 말한 후 천천히 길을 따라 내려갔다.

제임스 베인은 겁에 질린 채 길가에 못 박힌 듯 그대로 서 있었다. 머리에서 발끝까지 온몸이 떨려왔다. 그가 얼마나 그렇게 서 있었을까, 담벼락을 따라 웬 그림자 하나가 나타나더니 슬며시 그의 팔을 잡았다. 그는 돌아섰다. 카운터에 있던 두 여자들 중 한 명이었다.

그녀가 매서운 눈초리로 그를 바라보며 날카로운 목소리로 말했다.

“왜 그놈을 죽이지 않았죠? 당신이 술집을 나설 때부터 나는 당신이 그놈 뒤를 쫓는 걸 알았지. 바보 같으니! 그놈을 죽였어야 했어. 봉 잡는 건데. 게다가 정말로 나쁜 놈이란 말이야.”

“내가 찾던 놈이 아니었어. 게다가 돈을 원하던 것도 아니었고. 내가 목숨을 노리는 놈은 지금쯤 마흔 살은 되었을 거야. 그 친구는 아직 어린애야. 하느님이 도와주셔서, 그 친구 피를 손에 묻히지 않게 된 거야.”

그러자 여자가 비아냥거리듯 말했다.

“어린애라고! 그 ‘멋진 왕자님’이 나를 이 지경으로 만든 지가 벌써 18년이나 되었는데!”

“거짓말!” 제임스 베인이 이를 갈며 말했다.

여인이 손을 하늘을 향해 들어올렸다.

“사실이야. 하느님 앞에서 맹세할 수 있어.”

“하느님 앞에서?”

“거짓말이라면 손에 장을 지지지. 놈은 여기 드나드는 놈 중에 제일 악질이야. 그 곱상한 얼굴을 유지하려고 자기 자신을 악마에게 팔아먹은 놈이야. 내가 그놈을 만난 지 18년 동안 그놈은 하나도 바뀐 게 없어."

"맹세할 수 있어?"

"맹세하지. 하지만 나를 배반하지는 마. 나는 그놈이 무섭거든……. 나, 오늘 밤 어디서 지낼 수 있게 돈이나 좀 줘."

제임스 베인은 욕을 내뱉으며 거리 모퉁이까지 달려갔다. 하지만 도리언 그레이의 모습은 보이지 않았다. 뒤를 돌아보자 그 여자도 사라지고 없었다.

제17장

일주일 후 도리언 그레이는 셀비 로얄의 온실에서 그가 초대한 열두 명의 사람들과 차를 마시며 담소를 나누고 있었다. 손님들 중에는 멈머스 공작 부인과 육십 대의 허약한 그녀 남편이 있었고, 물론 헨리도 있었다.

그러던 어느 순간이었다. 도리언 그레이가 갑자기 외마디 비명을 지르더니 타일 바닥에 쓰러진 채 기절해버렸다. 사람들은 서둘러 도리언을 응접실로 옮겨 소파에 뉘었다. 잠시 후 그가 정신을 차리더니 눈을 뜨고 놀란 듯 주위를 둘러보았다.

"해리, 어떻게 된 거지요? 아, 생각나요. 나, 아무 일 없는 거지요, 해리?"

그는 몸을 떨기 시작했다.

헨리가 그에게 차분하게 말했다.

"도리언, 자네는 잠시 기절했던 것뿐이야. 아마 과로했던 모양이야. 저녁 식사에는 참석하지 않는 게 좋겠어. 내가 자네 대신 주인 몫을 할게."

"아녜요. 나도 함께 가서 저녁을 하겠어요. 혼자 있기 싫어요." 도리언이 억지로 몸을 일으키며 말했다.

도리언은 자기 방으로 가서 옷을 입었다. 식사 자리에서 그는 시종일관 유쾌했다. 그러나 도리언은 가끔 공포에 사로잡히곤 했다. 온실에 있을 때, 마치 하얀 손수건처럼 유리창에 붙어 있던 얼굴이 자꾸 떠올랐던 것이다. 그것은 자신을 염탐하고 있는 제임스 베인의 얼굴이었다.

다음 날 도리언 그레이는 집 밖으로 한 발자국도 나가지 않은 채 방 안에 처박혀 있었다. 그는 삶 자체에 대해서는 무관심했음에도 불구하고 죽음의 공포에 시달리고 있었다. 그는 누군가 자기 뒤를 쫓으며 염탐하고 있다는 생각, 차츰차츰 자신을 조여 오고 있다는 생각에 사로잡혀 있었다. 벽에 걸린 양탄자를 스치는 바람 소리에도 깜짝깜짝 놀랐고, 바람에 실려 낙엽이 창틀에 부딪히면 때로는 자신의 헛된 결심이 날아오르는 것 같았고, 때로는 자신의 무거운 후회가 그를 공격하는 것 같기도 했다. 눈을 감으면 흐릿한 창에 얼굴을 붙이고 있는 선원의 얼굴이 보이는 것 같았고, 그 무시무시한 손이 자신의 가슴을 짓누르는 것 같았다.

하지만 아마도 그 모든 것은 환상에 불과한 것인지도 몰랐다. 실제의 삶은 혼돈 그 자체일지 모르지만 상상력에는 준엄한 논리가 있었다. 상상 속에서 양심의 가책은 죄의 발꿈치를 여지없이 물어뜯었다. 실제 세상에서는 악당들이 벌을 받지 않았고, 선한 사람들이 보상을 받지도 못한다. 강자만이 성공하고 약자는 실패한다. 게다가 만일 누군가가 집 근처를 어슬렁거린다면 관리인이나 하인들의 눈에 띄었을 것이다. 땅바닥에 이상한 발자국이 찍혀 있다면 정원사가 발견하고 보고했을 것이다.

그렇다. 모든 게 그의 악몽일 뿐이었다. 실비 베인의 남동생은 결코 그를 죽이러 돌아오지 않을 것이다. 그는 이미 바다로 떠났고, 아마 어디 먼 바다에서 난파해 죽었을지도 모른다. 그에 대해서는 겁낼 것이 하나도 없었다. 게다가 그는 자신이 누구인지도 모르고 알아낼 방법도 없다. 도리언 그레이가 쓰고 있는 젊음의 가면이 그를 구해준 것이다.

하지만 그 모든 것이 비록 순전히 환상에 불과한 것이라 할지라도, 양심의 가책 때문에 그런 유령들이 눈앞에 나타난다는 것을 인정하기란 그 얼마나 무서운 일인가? 그가 저지른 죄의 그림자가 그렇게 그의 삶을 농락한다면 앞으로 그는 어떤 식으로 살아가야 한단 말인가? 그런 생각이 그를 사로잡자 그는 마치 피가 얼어붙는 것 같았다. 오, 자기 친구를 칼로 찔러 죽이다니! 도대체 무슨 광기에 사로잡혔었단 말인가! 아아, 얼마나 견디기 어려운 끔찍한 기억인가! 그에게 다시 그 광경이 보였고, 끔찍했던 모습 하나하나가 세세히 되살아났다.

6시가 되어 헨리가 그의 방에 왔을 때, 그는 가슴이 찢어지는 것 같은 비통함에 빠져 울고 있었다. 헨리는 몇 마디 위로의 말을 던진 후 손님들은 자신이 알아서 접대하겠다며 밖으로 나갔다.

사흘이 지난 뒤에야 도리언은 겨우 마음을 추스르고 밖으로 나갔다. 청명한 겨울 아침 공기가 그에게 원기를 회복시켜주었다. 하지만 그가 기운을 차린 것은 날씨 덕분만이 아니었다. 그의 내면의 그 무언가가, 그토록 고통스러워하는 자기 자신에게 반기를 들었다. 그것은 섬세한 감정을 가진 사람에게는 늘 일어나는 일이었다.

'그래, 나는 공포에 질린 상상력의 희생자일 뿐이야. 그런데 이렇게 두려움에 떨고 있다니.'

도리언은 이제 약간의 동정심과 경멸감을 가지고 자신의 두려움을 바라볼 수 있게 되었다.

아침 식사를 마친 후 그는 공작 부인과 정원을 한 시간 가량 산책했다. 그런 후 그는 마차를 타고 공원을 지나 사냥터로 향했다. 서리가 잔디를 하얗게 덮고 있었고 하늘은 마치 푸른 금속으로 만든 잔을 엎어 놓은 듯했으며 갈대가 한가로이 자라고 있는 호수 가장자리에는 살짝 얼음막이 덮여 있었다.

그는 소나무 숲 한구석에서 공작 부인의 남동생인 제프리 클러스턴 경의 모습을 보았다. 그는 엽총에서 방금 쏜 탄창을 꺼내고 있었다. 마차에서 내린 도리언은 마차를 돌려보낸 후 거친 덤불을 헤치며 그의 손님에게 다가갔다.

"많이 잡았습니까, 제프리?"

"별룹니다, 도리언. 새들이 다 들판으로 날아간 모양입니다. 점심 후에라야 좀 낫지 않을까 싶습니다."

도리언은 그와 함께 천천히 발걸음을 옮겼다. 신선한 공기와 아침 숲의 향기, 숲을 비추고 있는 적갈색의 햇빛, 몰이꾼들의 함성 소리, 간간이 들려오는 총소리 등 모든 것들이 그를 매혹했고, 그는 감미로운 자유로움을 한껏 만끽했다.

그때였다. 그들로부터 약 20보 앞쪽 덤불 속에서, 토끼 한 마리가 오리나무 숲을 향해 달리고 있는 모습이 보였다. 제프리 경이 바로 어깨에 총을 걸었다. 하지만 토끼가 도망가는 모습에 뭔가 우아한 게 있어서, 도리언은 자신도 모르게 소리쳤다.

"제프리, 쏘지 말아요! 살려줘요."

"도리언, 무슨 말도 안 되는 소리를!"

제프리가 웃으며 토끼가 오리나무 숲으로 들어가려는 찰나 방아쇠를 당겼다. 곧이어 비명 소리가 두 번 들려왔다. 부상을 입은 동물이 지르는 비명 소리와 함께 어느 누군가 치명상을 입고 내지르는 비명 소리가 함께 들린 것이었다.

"젠장, 몰이꾼이 맞은 모양이야." 제프리가 소리를 질렀다. "아니 어떤 멍청이가 총 앞에 나타난 거야. 거기, 발사 중지! 사람이 다쳤어!"

몰이꾼 우두머리가 손에 막대기를 들고 나타났다.

"어딥니까, 나리?"

제프리 경이 덤불 쪽으로 급히 뛰어가며 우두머리에게 대답했다.

"저쪽이야. 아니 어쩌자고 몰이꾼들을 뒤에 두지 않은 거야?

오늘 사냥은 잡쳤군."

그들은 잠시 후 한 남자의 시체를 끌고 숲에서 나왔다. 도리언은 무서워서 외면했다. 그가 가는 곳마다 불행한 일이 벌어지는 것만 같았다. 이어서 죽었느냐고 묻는 제프리 경의 목소리가 들렸고, 몰이꾼이 그렇다고 대답했다.

그때 누군가가 도리언의 어깨를 쳤다. 헨리였다. 그가 말했다.

"도리언, 오늘 사냥은 이제 그만 하자고 말하는 게 좋겠어."

"나라면 영영 사냥 같은 건 안 하겠어요. 그런데 그 남자는……?"

"그런 것 같아. 가슴에 정통으로 한 방 맞았어. 어쨌든 집으로 돌아가자고."

그들은 말없이 길을 걸었다. 이윽고 도리언이 헨리를 바라보고 깊은 한숨을 내쉬며 말했다.

"불길한 징조예요, 해리! 정말로 조짐이 안 좋아요."

"무슨 소리야? 그냥 사고일 뿐이야. 이러쿵저러쿵 말들이 많겠지만, 우리로서는 어쩔 수 없는 거야. 그 이야긴 잊어버리자고."

"아니에요. 분명 우리들 중 한 명에게 무슨 일이 일어날 거예요. 아마 나한테……."

헨리가 웃음을 터뜨렸다.

"도리언, 우리에게 무슨 일이 일어날 거라고? 제일 나쁜 일이 뭔지 알아? 그건 바로 권태야. 식사 때 사람들이 이 사건을 놓고 이러쿵저러쿵 떠들겠지. 그러면 권태는 우리에게 찾아올 틈이 없어. 불길한 징조? 그런 건 믿지 않아. 도리언, 자네 도대체 뭘 겁내는 건가?"

"난 죽음은 두렵지 않아요. 죽음이 다가오고 있는 게 두렵지요. 죽음의 날개가 주변에 퍼덕이고 있다니까요. 그런 공포도 느끼지 않고 죽은 아까 그 농부는 저보다 나아요. 저길 보세요. 저기 나무 뒤에서 나를 엿보는 사람이 보이지 않아요?"

"그래, 저기 정원사가 우리를 기다리고 있군. 오늘 저녁 식탁에 무슨 꽃을 꽂아놓을지 물어보러 오는 것 같은데. 자네, 신경과민이야. 언젠가 내 주치의를 한번 만나보자고."

얼마 후 도리언은 2층 자기 방 침대에 누워 있었다. 공포가 그의 몸 속 모든 섬유 조직에 스며들어, 온몸을 떨게 만드는 것 같았다. 삶 자체가 갑자기 그에게 견디기 어려운 무거운 짐이 된 것만 같았다. 덤불 속에서 사냥감처럼 총에 맞은 그 몰이꾼의 죽음이, 마치 자신의 죽음을 예고하는 것 같았다.

5시가 되자 그는 종을 울려 하인을 불렀다. 그는 하인에게 야간 급행열차로 돌아갈 것이니 짐을 꾸리라고 말한 다음, 8시 반까지 문 앞에 마차를 대기시켜 놓으라고 지시했다. 그는 벌건 대낮에도 죽음이 어슬렁거리는 곳, 푸른 숲에 붉은 피가 뿌려진 이곳 셀비 로열에 단 하루도 더 머물고 싶지 않았다.

그런 후 그는 헨리에게 짧은 편지를 썼다. 자신은 런던으로 돌아가 의사를 만날 예정이니, 자기가 없는 동안 손님들을 대신 잘 대접해 달라는 내용이었다. 그가 편지를 봉투에 넣고 있는데 누군가 문을 두드렸다. 하인이 들어오더니 몰이꾼 우두머리가 그를 보러 왔다고 말했다. 그는 눈살을 찌푸린 채 잠시 망설이더니 하인에게 말했다.

"들여보내."

몰이꾼이 들어오자 도리언은 서랍에서 수표책을 꺼내 앞에 펼쳐 놓고 펜을 들었다.

"필경 오늘 불행한 일을 당한 사람 때문에 온 거겠지, 손턴?"

"그렇습니다. 그런데 그 사람이 누군지 모르겠습니다. 그래서 이렇게 찾아온 겁니다."

"모르는 사람이라고? 자네가 데리고 있던 몰이꾼이 아니란 말인가?"

"예. 한 번도 본 적이 없는 사람입니다. 아마 뱃사람인 것 같습니다."

도리언은 손에 들고 있던 펜을 떨어뜨렸다. 심장이 멎는 것 같았다.

"뱃사람! 뱃사람이라고 했나?"

"네, 나리. 행색이 그랬습니다. 양팔에 문신도 있고……."

도리언은 벌떡 자리에서 일어났다. 스쳐가는 한 가닥 희망을 붙잡고 싶은 심정이었다.

"그래, 시체가 어디 있나? 내가 가서 봐야겠어."

"농장 빈 마구간에 놓았습니다. 재수가 없다며 아무도 집에 들이려 하지 않아서요."

"그래? 빨리 말을 준비시키라고 해. 내가 그리로 가보아야겠어. 아니야. 내가 직접 마구간으로 가지. 그게 빠를 테니."

15분 후, 도리언 그레이는 길을 따라 힘껏 말을 몰았다. 그가 농가에 도착했을 때 두 명의 사내가 마당에서 이야기를 나누고 있었다. 그는 말에서 뛰어내린 후, 고삐를 그중 한 명에게 던지고는 멀리 불빛이 어른거리는 마구간으로 달려갔다.

그는 빗장을 잡고 잠시 망설였다. 저 안에서 이제 막 그가 확인하려는 것이 자기 삶의 행복과 불행을 좌지우지할 수 있다는 생각 때문이었다.

이윽고 그는 문을 밀고 안으로 들어갔다.

마구간 안쪽 구석, 자루 더미 위에 거친 윗도리와 파란색 바지를 입은 시체가 놓여 있었다. 얼굴에는 더러운 손수건이 덮여 있었고 시체 옆에는 촛불 하나가 밝혀져 있었다.

도리언 그레이는 몸을 떨었다. 도저히 자기 손으로 그 손수건을 치울 수 없을 것 같았다. 그는 문으로 가서 농장 일꾼 한 명을 큰 소리로 와달라고 불렀다.

일꾼이 오자 그가 문기둥을 잡으며 말했다. 그냥 서 있다가는 쓰러질 것 같았기 때문이었다.

"저 얼굴의 손수건 좀 치워주게."

농장 일꾼이 손수건을 치웠고 그는 천천히 앞으로 다가왔다. 얼굴을 보자마자 기쁨을 억제하지 못한 외마디 비명이 그의 입에서 터져 나왔다. 덤불 속에서 총에 맞아 죽은 사내는 바로 제임스 베인이었던 것이다. 도리언은 잠시 동안 시체 앞에 서 있었다. 그리고 곧바로 집으로 돌아왔다. 그의 두 눈에서 눈물이 흘렀다. 구원받았다는 안도의 눈물이었다.

제18장

"무슨 그런 이상한 결심 같은 걸로 나를 좀 귀찮게 하지 마. 자넨 완벽해. 제발 변할 생각일랑 하지 말라고."

헨리가 장미 향수가 가득 담긴 구리 사발에 하얀 손가락을 담그며 마치 화를 내듯 하는 말이었다.

도리언 그레이는 머리를 설레설레 흔들었다.

"아네요, 해리. 양심에 걸리는 잘못을 너무 많이 저질렀어요. 다른 식으로 살아야 해요. 게다가 어제부터 착한 일을 벌써 시작했어요."

"어제 어디 있었는데?"

"시골에요. 작은 여인숙에 있었어요."

"그래? 하긴 시골에 있으면 누구나 착해지는 법이지. 거긴 유혹이 없잖아. 그래, 무슨 착한 짓을 했는데?"

"어떤 젊은 여자를 구해주었어요. 정말 대단한 여자였어요. 시빌 베인과 꼭 닮았죠. 시빌 베인 기억하시죠? 아, 벌써 얼마나 오래전 일인지! 그 여자 이름은 헤티예요. 그냥 시골 처녀지만, 나는 그녀를 정말로 사랑했어요. 이 아름다운 계절 5월 내내 그녀와 함께 있었던 셈이에요. 일주일에 두세 번이나 만났으니까요. 어제도 나는 어느 작은 과수원에서 그녀를 만났어요. 그녀는 머리 위로 쏟아지는 사과꽃을 맞으며 웃고 있었지요. 우리는 오늘 새벽 어디론가 함께 도망갈 생각이었어요. 그런데 갑자기, 그녀를 처음 만났을 때처럼 여전히 순수하고 결백한 그 꽃을, 그냥 그대로 두고 떠나자고 결심한 거예요."

"그래, 그런 새로운 감정이 자네에게 짜릿한 쾌감을 준 게 분명해. 하지만 내가 그 목가적인 이야기의 끝을 맺어주지. 결국 자네는 그녀에게 훈계를 하면서 그녀 가슴을 찢어놓은 거야. 참으로 멋진 개심의 시작이로군."

"해리, 심술 좀 그만 부려요. 그녀의 가슴이 찢어져요? 그럴 리 없어요. 물론 울긴 했지요. 하지만 그녀는 순결을 지킨 거예요."

"도리언, 자네는 정말 철부지야. 그래, 앞으로 그녀가 자기와 신분이 같은 남자에게 만족할 것 같아? 물론 언젠가 짐꾼이나 농부와 결혼하게 되겠지. 하지만 자네를 만나 사랑했던 그녀가 남편을 사랑할 것 같아? 지독히 경멸할걸. 불행의 길로 접어드는 거지. 도덕적으로도 나는 자네의 그 위대한 단념을 높이 평가할 수 없어. 지금 이 순간, 자네의 그 헤티가 저 오필리아처럼 연못 위, 수련 사이를 둥둥 떠다니고 있을지 알게 뭔가?"

"해리, 정말 참을 수 없어요. 당신이 뭐라고 하건 나는 좋은 사람이 될 거니까. 그 이야기는 그만하고 시내에서 사람들이 무슨 이야기들을 하고 있는지나 말해줘요. 너무 오랫동안 클럽에 가지 못했거든요."

"여전히 바질에 대한 이야기를 하고 있지."

그러자 도리언이 눈살을 찌푸리며 자기 잔에 포도주를 따랐다.

"그 이야기, 이제 신물도 나지 않나?"

"이봐, 사람들이 그 이야기에 흥미를 가진 지 이제 겨우 6주가 되었을 뿐이야. 영국 사람들은 석 달에 한 개 이상의 화젯거리가 생기면 감당 불능이지. 어떤 때는 그 이상 갈지도 몰라. 아마 요즘 정신이 하나도 없을걸. 우선 내 이혼 건이 있었고, 앨런 캠벨 자살 건도 있었으니……. 그런데 정신도 차리기 전에 예술가의 실종 사건이라……. 경찰청에서는 11월 9일 자정에 야간열차를 타고 파리로 떠난 사람이 바로 바질이라고 추정하고 있더군. 그런데 프랑스 경찰은 바질이 프랑스에 나타나지도 않았다는 거야. 보름 정도 지나면 샌프란시스코에 그가 나타났다는 이야기들을 하게 될지도 몰라."

도리언은 부르고뉴산 포도주가 들어 있는 잔을 들어 올리며 헨리에게 물었다.

"바질에게 무슨 일이 생긴 걸까요?"

그는 자신이 어떻게 그렇게 침착할 수 있는지 스스로도 놀랄 정도였다.

"정말 모르겠어. 그가 스스로 몸을 감춘 거라면, 그건 내가 상관할 일도 아니고. 그가 죽은 거라면, 그에 대해서는 더 이상 생각하고 싶지도 않아. 죽음은 내가 유일하게 무서워하는 거거든. 도리언, 우리 음악실로 가서 커피나 마시세. 쇼팽을 연주해 줘. 내 아내를 유혹해 간 자가 쇼팽은 기가 막히게 연주했지. 불쌍한 빅토리아! 그녀가 없으니 집이 텅 빈 것 같아. 물론 결혼은 습관에 불과해. 그것도 아주 나쁜 습관. 하지만 아무리 나쁜 습관이라도 그걸 잃고 나면 애석해하는 게 인간이지."

도리언은 아무 말 없이 자리에서 일어나 친구의 뒤를 따라 음악실로 들어갔다. 그는 피아노 앞에 앉아, 커피가 들어올 때까지 쇼팽을 연주했다.

도리언은 커피가 들어오자 연주를 그치고 헨리에게 말했다.

"해리, 바질이 살해되었을지도 모른다는 생각은 안 해봤어요?"

헨리는 하품을 하며 대답했다.

"뭣 때문에 그런 생각을 하지? 그 친구는 적을 만들 만큼 똑똑하지도 않았어. 물론 그는 훌륭한 예술가지. 하지만 그림에 아무리 뛰어난 재주를 가졌더라도, 얼마든지 시시한 사람이 될 수 있어. 바질은 정말 평범한 친구야. 그가 내 흥미를 끈 건 딱 한 번뿐이야. 아주 오래전 일이지. 그가 자네를 숭배한다고 말하면서 자네가 자기 예술의 모티브가 된다고 말했을 때야."

도리언은 슬픈 목소리로 말했다.

"나는 바질을 정말 좋아했어요. 그런데 정말로 아무도 그가 살해되었으리라는 생각은 안 하나요?"

"몇몇 신문에 그런 가설이 실리긴 했지. 하지만 나는 안 믿어. 파리에 무시무시한 곳이 많기는 해. 하지만 바질은 그런 곳에 드나들 사람이 아니야. 그에게는 호기심이라고는 없거든. 그게 그의 가장 큰 결점이야."

"해리, 만일 내가 바질을 죽였다고 인정하면 뭐라고 말하겠어요?" 도리언이 헨리의 눈치를 살피며 물었다.

"자네에게 전혀 어울리지 않는 역을 맡았다고 말하겠지. 모든 범죄는 저속한 거야. 마찬가지로 저속한 것 자체가 범죄이기도 하지. 도리언, 살인과 자네는 안 어울려. 그런 건, 거친 사람들에게나 어울리는 거야. 자네나 내게는 예술이 어울려. 자, 바질 이야기는 그만하지. 어쨌든 그 친구가 죽었더라도, 무슨 극적인 상황은 아닐 거야. 게다가 그가 살아서 작품 활동을 계속하더라도 좋은 작품을 남기지는 못할 거야. 지난 10년 동안 작품이 계속 형편없어지더라고."

도리언이 한숨을 내쉰 후 아무 말이 없자, 헨리는 방을 거닐다가 앵무새 머리를 쓰다듬으며 말을 이었다.

"그래, 그의 그림이 점점 형편없어졌어. 이상이 빠져버린 거야. 자네가 바질과 절교한 후, 그는 예술가 자질을 잃은 거야. 자네, 왜 그와 절교했지? 아마 그가 자네를 지루하게 만들었기 때문일 거야. 그는 지루해하는 자네를 가만두지 않았을 것이고. 그게 바로 사람을 지루하게 만드는 사람들의 특징이야.

아, 참. 그 친구가 그린 그 기막힌 초상화 어떻게 되었나? 그림이 완성된 후 보지 못한 것 같은데……. 아, 이제야 기억이 나는군. 자네가 셀비로 보냈는데 도중에 도둑맞았다든가, 잃어버렸다고 했지? 정말 아까워. 진짜 걸작인데. 내가 사고 싶어 했지. 그걸 되찾으려는 광고 같은 거 안 내봤나? 그랬어야 했는데……."

"솔직히 말하자면 나는 그 그림을 좋아하지 않았어요. 모델을 서준 것도 후회가 돼요."

"너무 그렇게 심각하게 생각하지 마. 음악이나 연주해줘. 「야상곡」이면 좋겠어. 연주하면서 자네가 그렇게 영원히 젊음을 유지할 수 있는 비결을 들려주게. 자네보다 겨우 열 살이 위인 나는 이렇게 주름이 잡히고 쇠약해진 데다 누렇게 떠버렸잖아. 그런데 도리언, 자네는 정말 놀라워. 내가 이십 년을 되찾을 수 있다면 난 무슨 짓이든 다 할 거야. 물론 운동을 하고, 일찍 일어나고, 사람들 존경을 받는 일은 빼고……. 젊음! 세상에 그보다 더한 게 어디 있어?

자네 지금 연주하는 곡 정말 듣기 좋군. 아주 낭만적이야. 계속 연주해주게. 오늘 밤 내겐 음악이 필요해. 내게도 슬픔이 있거든. 자네가 알 리 없는 그런 슬픔이 있단 말일세. 나이가 든 사람의 비극은 그가 나이가 들었다는 사실에 있는 게 아니야. 그가 여전히 젊다는 것이 비극이지. 오, 도리언 자네는 정말 행운아야. 자네가 누리는 삶은 그 얼마나 아름다운가! 자네 주변의 모든 것은 이 「야상곡」 곡조처럼 흘렀어. 아무것도 자네를 붙잡지 않았어. 자네는 늘 변함없이 똑같았어."

"해리, 그렇지 않아요."

"아니야, 자네는 늘 똑같았어. 하지만 내가 관심 있는 건 자네의 여생이야. 제발 뭘 포기하니 어쩌니 하면서 자네 삶을 망치지 마. 자네는 완성체야. 거기에 흠집을 내지 마. 도리언, 나는 내 삶을 자네의 삶과 바꿨으면 하고 바란 적이 있다네. 세상이 우리 둘을 향해 비난의 목소리를 높인 때가 많았지. 하지만 자네를 향한 비난의 목소리에는 자네에 대한 숭배가 함께 들어 있었다네. 자네의 삶이 바로 자네의 예술이었던 거야."

도리언은 피아노 앞에서 일어나더니 손으로 머리를 쓸어 올렸다.

"그래요. 내 삶은 대단했어요. 하지만 더 이상 이대로는 견딜 수 없어요. 해리, 제발 내게 그런 과장된 말 하지 말아요. 내가 어떤 존재인지 실체를 알게 된다면 무서워서 등을 돌리게 될 거예요. 우스워요? 제발 웃지 말아요, 해리."

"도리언, 피아노를 계속 쳐줘. 아니면 함께 클럽에 가든가."

"이제 피곤해요. 벌써 11시가 다 되었어요. 집에 가서 잠이나 자야겠어요."

"좀 더 있어. 자네 연주가 오늘처럼 멋졌던 적은 없었어."

"제가 착하게 살겠다고 마음먹었으니 그런 거지요."

"도리언, 그런 말 말라니까. 자네는 언제나 똑같아. 자네는 영원히 내 친구야."

"하지만 당신은 책 한 권으로 나를 망친 적이 있고 그걸 용서할 수 없어요. 해리, 약속해줘요. 그 소설을 아무에게도 빌려주지 않겠다고……. 페이지마다 독이 묻어 있는 책이에요."

"도리언, 드디어 설교를 하시는군. 그래봤자 소용없네. 지금 이대로의 자네와 내가 바로 자네와 나야. 어떠어떠하게 되어야만 하는 미래의 모습은 우리에겐 없어. 책 때문에 자네를 망쳤다고? 농담하는 건가? 세상에 그런 책은 없어. 예술이 인간의 행동에 영향을 주는 적은 없어. 오히려 행동하려는 욕망을 없애주는 게 예술이야. 예술은 불모야.

하지만 이 자리에서 문학에 대해 이러쿵저러쿵 긴 이야기는 하지 말자고. 내일 오전 11시에 다시 들르게. 공작 부인과 점심이나 하지."

"좋아요. 내일 다시 올게요."

도리언은 한숨을 내쉬며 밖으로 나갔다.

제19장

정말로 감미로운 밤이었다. 밤공기가 너무 따뜻해, 도리언은 집으로 돌아가면서 코트를 벗어 팔에 걸쳤다. 목도리도 두를 필요가 없었다. 그는 담배를 꺼내 입에 물었다. 도중에 그는 야회복을 입은 두 명의 젊은이와 마주쳤다. 그중 한 명이 동행에게 속삭였다.

"봐, 저 사람이 도리언 그레이야."

이전에는 사람들의 주목을 받으면 즐거워했던 도리언 그레이였다. 하지만 이제는 남들의 입에 자기 이름이 거론되는 것이 지겨울 뿐이었다. 그가 최근에 자주 찾아가던 시골 마을에는 아는 사람이 아무도 없었고, 그것이 그곳이 지닌 가장 큰 매력이었다. 그는 자기를 사랑하게 만들었던 여자에게 가난한 척

했고 그녀는 그것을 믿었다. 그는 그녀에게 자신이 나쁜 사람이라고 말했다. 그러면 그녀는 나쁜 사람은 늙고 추하게 생긴 법이라고 말하며 웃었다. 아아, 그녀의 웃음은 얼마나 예뻤던가! 마치 개똥지빠귀의 노랫소리 같았다. 무명옷에 모자를 쓴 그녀의 모습은 얼마나 매혹적이었는지! 그녀는 아는 것이 아무것도 없었지만, 대신 그가 잃어버린 모든 것을 지니고 있었다.

집에 도착하자 하인이 기다리고 있었다. 그는 하인을 가서 자라고 이른 후, 서재 소파에 털썩 주저앉았다. 그리고 헨리가 해준 말들을 다시 생각해보았다.

변한다는 것은 정말 불가능한가? 소년의 때 묻지 않은 순수함을 그가 얼마나 원했던가? 그런데 그는 자신의 영혼을 더럽히고, 정신을 타락시키고 주변에 나쁜 영향을 끼치기 위해 온 힘을 다해 왔을 뿐이었다. 그런데 그 모든 것을 되돌릴 수 없단 말인가? 자신에게는 희망이 없단 말인가?

아! 오만과 격정에 휩싸여, 초상화에게 세월의 짐을 지우고 자신은 티 한 점 없는 젊음을 영원히 지니게 해달라고 기도했던, 그 끔찍한 순간! 그의 모든 불행은 바로 그때 시작된 것이었다. 죄를 지을 때마다 신속하게 확실한 처벌을 받는 것이 나았다. 징벌은 바로 정화(淨化)를 뜻하는 것이 아닌가! 인간이 하느님께 드려야 하는 기도는 '우리의 죄를 사하여 주옵소서'가 아니라 '우리의 죄를 벌하여 주옵소서'라야 했다.

오래전에 헨리가 선물했던 거울이 탁자 위에 놓여 있었다. 그는 거울을 집어 들고 얼굴을 들여다보았다. 그는 거울에 비친 자신의 아름다운 얼굴이 혐오스럽게 여겨졌다. 그는 거울을 바닥에 집어 던지고 짓밟아서 깨버렸다. 그의 얼굴의 아름다움이, 그가 영원히 간직하게 해달라고 간절히 기도했던 그의 젊음이 그를 파멸로 이끈 것이었다. 그것들만 아니었다면 그의 인생은 티끌 한 점 없이 깨끗했을 것이다.

하지만 지난 일을 생각하지 않는 게 나았다. 이제부터 그가 생각해야 할 것은 지금의 그 자신이었고, 그의 미래였다. 제임스 베인은 셀비의 이름 없는 무덤 아래 묻혀 있다. 앨런 캠벨은 원치도 않으면서 갖게 된 모든 비밀을 고스란히 간직한 채 어느 날 밤 자신의 실험실에서 자살했다. 바질 홀워드의 실종 사건도 얼마 지나지 않아 잠잠해질 것이다. 그에게 모든 위험은 사라졌다. 게다가 그의 마음을 짓누르고 있는 것은 바질 홀워드의 죽음이 아니었다. 그가 괴로워하고 있는 것은 바로 살아 있으면서 죽어버린 자신의 영혼 때문이었다. 바질은 그렇게 자신의 삶을 망쳐버린 초상화를 그린 사람이었다. 그것은 도저히 용서할 수가 없었다. 살인은 그저 한순간의 광기였을 뿐이었다. 앨런 캠벨의 자살도 자신이 스스로 택한 것이었다.

새로운 삶! 바로 그것이 도리언이 원하는 것이었고, 그가 기대하는 것이었다. 그 새로운 삶은 이미 시작된 것이 아닐까? 그는 방금 순결한 한 여자를 구해주었다. 앞으로 다시는 순결한 여자를 더럽히지 않으리라. 이제부터 착한 사람이 되리라.

헤티 머튼 생각을 하다가 그에게 문득, 잠긴 방 안의 초상화가 이미 변하지는 않았을까 생각했다. 분명히 이전처럼 섬뜩한 모습은 아니리라. 착한 행동을 하려는 자신의 결심, 그가 이미 행한 착한 행동이 악의 흔적을 지워버리지 않았을까? 그는 얼른 그것을 확인하고 싶었다.

그는 램프를 들고 계단을 오르기 시작했다. 문의 빗장을 풀면서 그의 얼굴에 미소가 떠올랐다.

'그래, 나는 이제 착한 사람이 될 것이고, 이제부터 저 흉측한 초상화는 공포의 대상이 되지 않을 거야.'

그는 방으로 들어가 평소처럼 공들여 문을 잠갔다. 그리고 초상화를 가리고 있던 천을 끌어내렸다. 순간, 고뇌와 분노의 비명 소리가 그의 입에서 터져 나왔다. 초상화는 아무 변화가 없었다. 아니, 눈에는 교활함이 더해졌고, 입가에는 위선을 보여주는 주름살이 더해져 있었다. 초상화는 전보다 더 역겨워 보였다. 손의 붉은 얼룩은 마치 새롭게 피를 흘린 것처럼 전보다 더 생생하게 붉어진 것 같았다. 도리언 그레이는 몸을 부들부들 떨기 시작했다.

자신에게 유일한 선한 행동을 하게 만든 것이 단지 허영뿐이었단 말인가? 헨리가 조롱기 담긴 웃음을 지으며 말했듯이 단지 새로운 감흥을 찾는 짓에 불과했단 말인가? 아니면, 그냥 새로운 역을 맡아 연기하고자 하는 욕망이었을 뿐이란 말인가? 그 연기를 통해 자기 자신을 자기 너머로까지 높이고자 했던 것이란 말인가? 혹은 그 둘 다였단 말인가? 왜 저 손의 붉은 얼룩은 더 커졌단 말인가? 붉은 점은 마치 무시무시한 나병처럼 주름진 손가락 위로 번져나가는 것 같았다. 게다가 발에도 붉은 얼룩이 있었다. 마치 피가 위에서 뚝뚝 떨어진 것 같았다. 또한 칼을 쥐지 않았던 손에도 피가 묻어 있었다.

죄를 고백해? 자수해서 사형을 받아? 그는 웃음을 터뜨렸다. 너무 끔찍한 생각이었다. 게다가 누가 그의 고백을 믿을 것인가? 그가 저지른 범죄의 흔적은 어디에도 없었다. 사람들은 그를 미쳤다고 할 것이다. 그가 고집스럽게 자신의 죄를 주장하면 사람들은 그를 정신병동에 가둘 것이다. 게다가 지금 중요한 것은 바질 홀워드의 죽음이 아니었다. 문제가 되고 있는 것은 바로 그의 영혼 그 자체였다.

그는 헤티 머튼에 대해 생각했다. 허영? 호기심? 위선? 헤티를 포기한 자신의 행동에 그것들과는 다른 그 무언가가 있다고 그는 생각했었다. 아니다. 다른 건 아무것도 없었다. 허영심 때문에 그는 그녀를 지켜준 것이고, 위선 때문에 미덕의 가면을 쓴 것이었다. 그녀를 포기한 것도 호기심의 발로일 뿐이었다.

그러나 이 살인……. 그것은 평생 그의 뒤를 따라다닐 것 아닌가? 그의 등에 언제나 무거운 과거의 짐을 지게 할 것이 아닌가? 그에게 단 하나 남은 증거라고는 초상화밖에 없었다. 그것을 없애야 했다. 무엇 때문에 저것을 그렇게 오래 간직하고 있었단 말인가? 예전에는 그 초상화가 추하게 늙어가는 모습을 바라보며 쾌감을 느꼈다. 하지만 그것도 이미 오래전 일이다. 그것을 볼 때마다 오히려 즐겁던 기분이 엉망이 되곤 했다. 초상화는 그에게 양심과 같은 것이었다. 초상화를 없애야 했다. 그 양심을 없애야 했다.

도리언 그레이는 주변을 둘러보았다. 바질 홀워드를 찔렀던 단도가 그의 눈에 들어왔다. 그는 핏자국을 지우려고 수도 없이 그 칼을 씻고 또 씻었었다. 칼날이 번쩍이고 있었다. 이 칼은 예술가를 죽였다. 이제 이 칼은 그의 작품을 죽일 것이고 그 작품이 의미하는 모든 것을 죽일 것이다. 이 칼은 과거를 죽일 것이고, 그렇게 되는 순간 그는 자유로워질 것이다. 이 칼은 자신의 끔찍한 영혼이 살고 있는 그림을 죽일 것이고, 그는 평온을 되찾게 되리라. 도리언은 칼을 잡고 초상화를 찔렀다.

비명 소리가 들렸고, 이어서 무언가 넘어지는 소리가 들렸다. 너무 날카로운 비명 소리에 하인이 잠에서 깨어나 방 밖으로 뛰쳐나갔다. 집 아래 지나가던 두 사람이 비명 소리를 들었고, 그들은 경찰관을 데려왔다. 경찰관이 수차례 벨을 울렸지만 응답이 없었다.

집 안 하인들 숙소에서 옷을 입다 만 하인들이 모여 어찌할 바를 모르고 숙덕거리고 있었다. 리프 노파는 두 손을 꽉 쥔 채 울고 있었고, 프란시스의 얼굴은 하얗게 질려 있었다.

약 15분 후, 프란시스는 마부와 종복 한 명을 데리고 조심스럽게 위층으로 올라갔다. 세 명이 여러 번 노크를 했지만 아무 대답이 없었다. 소리쳐 불러보기도 했지만 조용하기만 했다. 문을 열어보려고 해도 열리지 않자, 그들은 지붕으로 올라가서 발코니로 내려왔다. 창문을 손으로 밀자 쉽게 열렸다. 빗장이 너무 낡았기 때문이었다.

방으로 들어서자 초상화가 보였다. 그들이 익히 알고 있는 주인의 초상화로서, 변함없는 젊음을 간직한 모습이었으며, 더할 나위 없는 아름다움을 한껏 뽐내고 있었다. 바닥에는 누군가 쓰러져 죽어 있었다. 야회복을 입은 늙은이였으며 가슴에는 단도가 꽂혀 있었다. 얼굴에는 쭈글쭈글 주름이 잡혀 있었고, 말할 수 없이 추했다. 그들은 그의 손가락에 껴 있는 반지를 보고서야 그가 누구인지 알아볼 수 있었다.

『도리언 그레이의 초상』을 찾아서

'데카당스(décadence)'라는 말이 있다. 쇠퇴와 몰락을 의미하는 프랑스어 용어이다. 그런데 그 용어가 19세기 말 유럽 전역으로 전파된 퇴폐적인 경향, 혹은 예술 운동을 가리키는 용어가 되었다. 본래 프랑스 상징주의의 거장들인 보들레르(Ch. Baudelaire), 말라르메(S. Mallarmé), 랭보(A. Rimbaud)의 뒤를 이은 일군의 젊은 상징파 시인들이 자신들을 데카당(décadent)이라고 부른 데서 시작된 것이 유럽 전역으로 확산되어 하나의 예술 사조가 된 것이다.

하지만 데카당스는 다른 문예 사조와는 달리 일정한 방향이 없다. 예술이 지향해야 할 새로운 가치나 방향을 전제하고 일어난 운동이 아니라 기존의 권위, 가치관에 대한 반항과 거부로부터 시작된 운동이기 때문이다. 그래서 데카당스 예술은 상식보다는 비상식, 정상적인 것보다는 병적이고 기괴한 것, 이성적인 것보다는 관능적인 것, 보편적인 윤리나 가치보다는 개인의 자의식과 욕망을 전면에 내세운다. 그리고 현실 사회와 거리를 두고 그에 대해 반감을 지닌 채, 예술을 위한 예술을 내세우기도 하고, 예술이 진정으로 추구해야 할 가치가 있다면 그것은 오로지 아름다움뿐이라는 주장(유미주의唯美主義)도 하게 된다.

그런데 우리가 읽은 오스카 와일드(Oscar Wilde, 1854~1900)의 『도리언 그레이의 초상(*The Picture of Dorian Gray*)』은 바로 그러한 데카당스 문학의 대표작 중의 하나로 알려져 있다. 그렇다면 어떤 점에서 사람들은 이 작품을 데카당스 문학의 대표작 중의 하나로 꼽는 것일까? 그 이유는 작품에서 도리언 그레이를 처음 보았을 때 헨리 워튼 경이 해준 말 속에 그대로 들어 있다.

> "우리는 그렇게 자기 자신을 거부하기에 벌을 받고 있는 겁니다. 우리가 억압하고 있는 우리의 충동들이 우리 내부에서 싹을 틔워 우리를 독살시키고 있는 거지요. 그 충동과 유혹을 없애는 유일한 방법은 그 유혹에 굴복하는 겁니다. 누르려고 해도 소용없고, 그럴 때 오히려 독이 되

는 거예요. 그 모든 욕망들이 흉측한 모습으로 변해 사람을 병들게 하는 거예요. 그레이 씨, 당신은 젊음의 아름다움이 활짝 꽃핀 시기를 보내고 있지요. 하지만 당신의 정열이 당신을 두렵게 만든 적이 없나요? 생각만 해도 뺨을 붉게 물들이는 꿈을 꾸어본 적 없나요? 밤이건 낮이건 상관없이 말입니다." (23쪽)

한마디로 말한다면 억압되어 있던 욕망을 마음껏 풀어놓으라는 것이다. 그리고 마음껏 인생을 찬미하고 즐기라는 것이다. 인간이 불행해지고, 벌을 받게 되는 것은 그 안에 추한 욕망이 들어 있기 때문이 아니라, 그것을 억압하기 때문이라는 것이다. 헨리는 그 말 한마디로 단번에 도리언 그레이를 사로잡는다.

이 대목에서 여러분들은 아마 우리가 바로 전에 읽은 로버트 루이스 스티븐슨(Robert Louis Stevenson)의 『지킬 박사와 하이드 씨』를 머리에 떠올렸을지도 모르겠다. 마치 헨리는 도리언 그레이에게 네 속에 억눌려 있는 하이드를 풀어주라고 말하고 있는 것 같다. 그러면서 한 술 더 떠서, 하이드는 그렇게 괴물이 아니다, 하이드가 괴물이 된 것은 너무 오래 갇힌 채 억압을 받았기 때문이라고 말하는 것 같다.

누가 하이드를 가두었는가? 바로 자기 자신이다. 사회적 윤리와 관습에 갇혀 있는 자기 자신이다. 더 나가 말한다면 자기 자신이 바로 감옥이다. 도리언 그레이는 그 감옥에서 벗어난다. 『도리언 그레이의 초상』에서의 도리언 그레이는 아름답게 변한 하이드다. 『지킬 박사와 하이드 씨』에서 하이드는 모든 사람에게 혐오의 대상이지만 『도리언 그레이의 초상』에서의 도리언 그레이는 모든 사람들의 부러움과 경탄의 대상이 된다. 왜? 그는 아름답기 때문이다. 그는 세월이 흘러도 늙지 않고, 젊음의 아름다움을 영원히 간직하고 있기 때문이다.

현실적으로는 절대로 불가능한 일이다. 어느 누가 세월의 무게를 빗겨갈 수 있겠는가? '내가 겉은 이래 보여도 마음만은 아직 젊어'라고 말하는 사람들도 많이 있다. 아니, 우리는 모두 그런 착각 속에 살아가는지도 모른다. 그런 착각 속에 늙어가는지도 모른다. 그런 착각 속에 죽을지도 모른다. 하지만 그렇더라도 '난 이제 늙었어, 세월이 가면 죽게 되어 있는 게 인간이야'라고 체념하며 사는 것보다는 그게 나을지 모른다.

도리언 그레이는 모든 사람들의 꿈, 죽는 순간까지도 버리지 못하는 착각의 화신 그 자체다. 그래서 오스카 와일드는 '도리언 그레이는 내가 되고 싶었던 존재'라고 말했다. 어찌 오스카 와일드만 도리언 그레이 같은 존재가 되고 싶었을까? 우리는 누구나 잃어버린 청춘을 아쉬워하고, 그 청춘이 영원하길 은근히 바란다. 하지만 그럴 수 없음을 안다. 알면서도 체념할 수 없는 것, 그게 바로 인간이다. 모든 것이 덧없는 것을 알면서도, 세월이 흐르면 늙을 수밖에 없고, 죽을 수밖에 없는 것을 알면서도, 그 무언가에 온 정열과 사랑을 바친 그 순간이 영원하기를 바라기도 하는 게 인간이다.

『도리언 그레이의 초상』이 그런 보편적인 인간의 꿈을 보여주면서도 대표적인 데카당스 문학의 하나로 간주되는 것은, 이 작품의 주인공 중 한 명인 헨리 워튼 경을 통해 모든 사회적 윤리와 관습을 통렬하게 비웃는 모습을 보여주고 있기 때문이다. 그는 지적이고, 자유롭다. 그러면서 그는 독설을 내뿜으며 많은 사람들을 불편하게 만든다. 세상과 거리를 두고 있기 때문에 냉소적이다. 작가는 '헨리 워튼 경은 사람들이 생각하는 나 자신의 모습'이라고 말했다. 오스카 와일드는 헨리 워튼의 모습으로 세상을 살았다는 말이다. 아마 오스카 와일드는 독설적이고 냉소적인 사람이라는 말을 주변에서 많이 들었을 것이다.

그런데 오스카 와일드는 '바질 홀워드는 실제의 나의 모습이다'라는 말도 했다. 그는 도리언 그레이의 초상화를 그린 예술가다. 그러니 오스카 와일드가 그를 실제의 나의 모습이라고 말하는 건 당연하다. 그런데 바질 홀워드는, 헨리에게는 그냥 따분한 사람이라며 경멸을 받고, 도리언 그레이에게는 도덕적인 충고만 일삼는 피하고 싶은 사람일 뿐이다. 게다가 그는 도리언 그레이에게 살해당하는 가련한 인물이다. 작가는 바질 홀워드라는 인물을 등장시켜 자기 자신도 냉소의 대상으로 삼은 셈이다. 세상에 '예술을 위한 예술'을 모토로 내세웠던 작가가, 예술가인 자기 자신을 냉소의 대상으로 삼는 것보다 더 퇴폐적인 것은 없다.

퇴폐는 추한 게 아니다. 퇴폐는 아름답다. 퇴폐는 자유롭다. 퇴폐는 비상식적이다. 거기엔 아무런 의무도 없고 구속도 없다. 너무 유혹적이다. 그래서 위험하다. 하지만 위험하기에 더 매혹적이다.

게다가 아무나 쉽게 퇴폐적이 되는 게 아니다. 퇴폐주의자는 작품 속의 헨리처럼 아주 지적이다. 말도 잘하고 날카롭다. 세상을 멋지게 비웃는다. 아마 주변에 그런 친구가 있으면, 어쩐지 가까이 하기 어려우면서도 뭔가 끌리는 것 같은 기분을 느끼게 될 것이다.

아주 위험한 발언 하나 하자. 퇴폐적인 것의 유혹을 받아보지 않은 젊음은 삭막하다. 세상을 한껏 비웃어보지 않은 젊음은 활기가 없다. 아파보지 않은 사람이 건강의 고마움을 모르는 것과 마찬가지다. 세상을 한껏 비웃어보지 않은 사람이 삶을 사랑할 줄도 모르게 되기 쉬운 것과 마찬가지다.

퇴폐도 결국은 삶을 사랑하기 위한 하나의 방법이기 때문이다. 더욱이 자신이 몸담고 있는 현실 속에서 도저히 성취하기 어려운 꿈을 담고 있을 때, 퇴폐는 이상(理想)으로 승화되기도 한다.

오스카 와일드는 1854년 10월 아일랜드 더블린에서 태어났다. 아버지는 더블린 대학교 교수를 지낸 저명한 안과 의사이자 고고학자였고, 어머니는 시인이었다. 부모님의 교육열 덕분에 그는 어려서부터 독일어와 프랑스어에 능통했다. 그는 옥스퍼드 대학 재학 중에 시를 써서 신인상을 받았으며 그때부터 이미 '예술을 위한 예술'을 내세운 유미주의에 경도되었다. 그는 대학 졸업 후 본격적인 작가 활동을 시작했지만 그가 주로 전념한 것은 극작이었다.

1882년경 그는 미국 뉴욕에 잠시 머문 후 프랑스로 건너갔다. 그는 동화집도 출간하고 희곡을 썼으며 1888년 유일한 장편 소설인 『도리언 그레이의 초상』을 잡지에 발표했다. 내용도 내용이거니와 '도덕적인 책도 없고, 부도덕한 책도 없다. 잘 쓴 책이냐, 잘 못 쓴 책이냐, 둘 중의 하나가 있을 뿐이다'라는 말이 쓰인 서문이 문제가 되어 발표 당시 비난의 표적이 되었다. 이후 그는 주로 희곡 집필과 상연에 몰두했으며 영국 런던에서 최고의 극작가라는 명성을 얻었다. 그가 발표한 극작품으로는 〈윈더미어 경(卿) 부인의 부채(Lady Windermere's Fan, 1892)〉, 〈보잘것없는 여인(A Woman of No Importance, 1893)〉, 〈이상적인 남편(An Ideal Husband, 1895)〉 등이 있으며 1892년에는 프랑스어로 〈살로메〉를 발표하기도 했다.

그는 1895년 미성년자와의 동성연애 혐의로 기소되어 유죄 판결을 받고 2년 동안 수감됐다. 1897년 출옥했지만 영국에서는 추방되어 파리에서 곤궁하게 살다가 뇌수막염에 걸려 비참한 생을 마쳤다.

도리언 그레이의 초상
생각하는 힘: 진형준 교수의 세계문학컬렉션 71

펴낸날 초판 1쇄 2022년 1월 25일

지은이 오스카 와일드
옮긴이 진형준
펴낸이 심만수
펴낸곳 (주)살림출판사
출판등록 1989년 11월 1일 제9-210호

주소 경기도 파주시 광인사길 30
전화 031-955-1350 팩스 031-624-1356
홈페이지 http://www.sallimbooks.com
이메일 book@sallimbooks.com

ISBN 978-89-522-4317-1 04800
978-89-522-3984-6 04800 (세트)

※ 값은 뒤표지에 있습니다.
※ 잘못 만들어진 책은 구입하신 서점에서 바꾸어 드립니다.